SO EIN ZUGFALL!

Komödie in mehreren Aufzügen, aber nur einem Zug

Ella Atzenhof

Ella Atzenhof

So ein Zugfall!

Komödie in mehreren Aufzügen, aber nur einem Zug

Impressum

Bibliografische Information der Deutschen
Nationalbibliothek:
Die Deutsche Nationalbibliothek verzeichnet diese
Publikation in der Deutschen Nationalbibliografie;
detaillierte bibliografische Daten sind im Internet über
http://dnb.dnb.de abrufbar.

Herstellung und Verlag: BoD – Books on Demand,
Norderstedt

ISBN: 978-3-7578-8142-9

SO EIN ZUGFALL!

Komödie in mehreren Aufzügen,
aber nur einem Zug

Personen:

Lorenz Lyrheim, Student
Florian, sein Freund
Benny, sein Bruder
Michael Tauberhelli, Schauspieler und Regisseur
Peter Hack, Schauspieler
Heinrich Lang, Schauspieler
Oskar Schrank, Schauspieler
Ursi Beinhold, Schauspielerin
Eleonore Otto, Schauspielerin
Alexander Fritz, Schauspieler

Direktor Pistinger, Chef von Frivi-Fit
ein Betrunkener

Weiters:
zwei Frauen
ein älteres Ehepaar
ein Herr aus Asien
ein junges Pärchen
Gäste im Speisewagen
ein unehrlicher Finder
Bahnbedienstete (Schalterbeamte, Zugbegleiter,
Bordservice, Speisewagenkellner)
zwei Polizisten
Gäste bei der Vorstellung des Werbespots

1. AKT

Ort: Bahnhofshalle

Links geht Florian mit einer Tasche, die über seiner Schulter hängt, wartend auf und ab, sieht sich gelangweilt die Fahrpläne an der Wand an; von rechts kommt Lorenz, gefolgt von seinem Bruder Benny.

BENNY *[läuft hinter Lorenz her]:* Ich habe kein Wort verstanden von dem, was Du mir in der letzten halben Stunde erzählt hast - kannst Du Dich bitte ETWAS KONKRETER ausdrücken?

LORENZ: Aber ich habe doch ganz deutlich ...

BENNY: Deutlich ...?

LORENZ: Ganz deutlich gesagt ...

BENNY: Gesagt hast Du etwas, das ist wahr, aber deutlich - nein, deutlich war es wirklich nicht! - Ich komme zu später, beziehungsweise schon wieder zu früher Stunde nach Hause, - nach einem anstrengenden Tag ...

LORENZ: Pah! Anstrengend! Tennis, Mittagessen, Schlafen, Golfspielen, Kaffeehaus, Disco - was soll daran so anstrengend sein?

BENNY: Gut! Ich komme also müde nach Hause, da wirst Du mir wohl zustimmen, da sehe ich einen Zettel mitten am Boden liegen: „Bitte weck´ mich um 05:00 Uhr. Lorenz".

9

LORENZ: Du hast doch selbst einmal gesagt, ein guter Freund soll wie ein Bruder sein, warum soll nicht auch das Umgekehrte gelten?

BENNY: Mein Gott, man redet viel, wenn der Tag lang ist! *[macht wegwerfende Geste]*

LORENZ: Na, immerhin hast Du mich ja pünktlich geweckt.

BENNY: Dein Glück, dass ich gerade erst kurz nach Vier nach Hause gekommen bin. Auf eine Viertelstunde mehr oder weniger ist es mir da auch nicht mehr angekommen. *[sieht auf seine Uhr]* Ha, was sag ich - Viertelstunde! Weißt Du eigentlich, wie spät es ist?

LORENZ: Nein, aber Du wirst es mir vermutlich gleich sagen.

BENNY: Es ist schon ... *[wendet sich ab und macht wegwerfende Handbewegung]* Ach was! Hast Du wenigstens Deine Fahrkarte schon besorgt?

LORENZ: Sicher!

BENNY: Etwas freundlicher könntest Du schon sein, wenn ich Dich in aller Herrgottsfrühe zum Bahnhof chauffiere, meinst Du nicht?

LORENZ: *[zuckersüß]*: Selbstverständlich, herzallerliebstes Brüderchen. *[knurrt:]* Du weißt doch, ich bin immer blendender Laune, wenn ich mit den Hühnern aufstehen muss!

BENNY: Jaja, ist schon gut! Verrate mir aber jetzt lieber, wohin Du mit Florian fährst! – *[sarkastisch:]* Damit ich weiß, wohin ich Dir Geld schicken muss.

LORENZ *[sauer]*: Witzig! - Ich habe Dir doch bereits erklärt, *[wird zunehmend ungeduldiger]* dass in Italien, *[stammelt:]* genauer gesagt, in Venedig - ich weiß nicht - vielleicht durch Zufall - Florian kann mir möglicherweise helfen - weil, wenn nicht jetzt, dann ...

BENNY: Ich glaube, Dir ist gar nicht mehr zu helfen! Weder jetzt, noch später! *[schüttelt den Kopf]*

LORENZ: Du hast wieder einmal Kei-ne Ah-nung!

BENNY: Wie sollte ich auch?

Lorenz erblickt Florian bei den Fahrplänen und geht zu ihm.

LORENZ: Schau an, der Florian ist schon vor mir da! Es geschehen halt doch noch Zeichen und Wunder! Servus! *[geht auf ihn zu, begrüßt ihn mit einer Umarmung]*

FLORIAN: Hallo! Servus Benny!

BENNY: Guten Morgen!

[zu Lorenz] Tja, dann kann ich wohl gehen, ich bin nämlich *[betont]* tod-müde!

FLORIAN: *[mit erhobenem Zeigefinger:]* Der Mohr hat seine Schuldigkeit getan, der Mohr kann gehen! - Shakespeare.

BENNY: Ihr seid mir ein Paar! Der eine *[deutet auf Lorenz]* redet und redet, aber sagt nichts - der andere *[deutet auf Florian]* spricht wieder nur in Zitaten. *[Im Weggehen zu Lorenz]* Vielleicht erzählst Du mir einmal, was für eine Unternehmung Du hier gestartet hast ... irgendwann einmal, in ferner Zukunft, damit ich nicht allzu dumm sterbe.

LORENZ: Wenn ich wieder zurück bin, erzähle ich Dir alles von Anfang an. Eine kleine Zeit lang musst Du Dich also noch gedulden!

FLORIAN: Wie heißt es doch: Kommt Zeit, kommt Rat!

LORENZ: Mach´s gut, Bruderherz! *[klopft ihm auf die Schulter]*

BENNY: Ciao! Und grüßt mir mein „bella Italia".

FLORIAN: Geht in Ordnung! Servus Benny!

[Benny geht rechts ab]

FLORIAN: *[leise zu Lorenz:]* Was ist eigentlich wirklich los? Ehrlich gesagt, ich bin genauso ahnungslos und uninformiert wie Dein Bruder!

LORENZ: Du hast doch alles so gemacht, wie ich es Dir gestern Abend gesagt habe, oder?

FLORIAN: Klar! *[nickt dienstbeflissen]*

LORENZ: In Ordnung! Dann warte jetzt hier - ich besorg mir nur rasch noch was zu lesen.

Lorenz geht nach rechts zum Kiosk und kauft sich nach längerem Suchen eine Zeitung, inzwischen geht Florian wieder vor den Fahrplänen auf und ab.

FLORIAN: *[zu sich selbst gewandt:]* Warten auf Godot, äh - Lorenz!

Florian studiert Fahrpläne an der Wand, Lorenz kommt von rechts, streift ihm die Tasche von der Schulter, als ob er ein Dieb wäre.

LORENZ: *[greift die Tasche]* Danke!

FLORIAN *[erschreckt und schreit]*: Waaaaaah! Diebstahl, Schurken! *[sieht Lorenz, beruhigt sich]* Ha-ha, sehr witzig!

LORENZ: *[belehrend]*: Man muss halt ständig auf all seine Sachen aufpassen! Nichts aus den Augen lassen!

FLORIAN *[wird zunehmend aufgebrachter]*: Glaub bloß nicht, ich hab´ nicht gesehen, dass „nur Du" es gewesen bist, der mich beklauen wollte!

LORENZ: *[spottend:]* Ach, darum hast Du so langsam reagiert, das war aber nett von Dir!

FLORIAN: Natürlich, wenn Du ein echter Dieb gewesen wärst - dann gnade Dir Gott - ich kann nämlich Jiu-Jitsu! *[macht Kampfbewegungen in der Luft]*

LORENZ: Gesundheit!

FLORIAN: Lass Deine unterdurchschnittlich schlechten Scherze! Die vertrag´ ich nicht auf nüchternen Magen. Ha! *[Er macht Jiu-Jitsu-Bewegungen, während diesen Bewegungen fällt sein Zugticket aus der Tasche, ein Herr - Marke Mafiosi - nähert sich schnellen Schrittes, hebt das Ticket auf und verschwindet rasch, Lorenz sieht währenddessen auf die Anzeigetafel und hat nichts bemerkt]*

LORENZ: Wie, hast Du noch gar nicht gefrühstückt?

FLORIAN: Der Herr belieben zu scherzen? Es ist knapp sechs Uhr vorbei - mitten in der Nacht gewissermaßen. Wann hätte ich sollen? Ich bin froh, dass ich wenigstens so halbwegs pünktlich hierhergekommen bin.

LORENZ: Nun, mein Bester, Du wirst schon nicht verhungern. Wir haben schließlich auch einen Speisewagen bei unserem Zug. Und bis Italien werden wir dort ja wohl auch einmal ein freies Plätzchen finden.

FLORIAN: Was genau machen wir eigentlich in Venedig? *[Pause, dann naiv:]* Gondel fahren?

LORENZ: *[belehrend:]* Gondel fahren kannst Du im Winter am Arlberg.

FLORIAN: Was bitte machen wir dann in Venedig?

LORENZ: Na, Du bist vielleicht eine Nummer! Du hast mich doch gestern überhaupt erst auf die Idee gebracht!

FLORIAN: Wieso?

LORENZ: Was hast Du mir denn gestern erzählt?

FLORIAN *[ihn nachäffend]*: Was hab´ ich Dir denn gestern erzählt?

LORENZ: Denk nach!

FLORIAN: Ich habe Dir erzählt, dass ich am Wochenende im Schwimmbad war ...

LORENZ: Danach!

FLORIAN: Danach? Ach ja, nachher war ich noch kurz bei Minni, wegen der Geburtstagsfeier für ihren Bruder. Aber ich verstehe nicht ...

LORENZ: Ich wollte nicht wissen, was Du nach dem Schwimmen gemacht hast, sondern was Du mir danach erzählt hast - gestern.

FLORIAN: Ach so, Du meinst, dass ich im Parkhotel den, na, den ... den Tauberhelli, den berühmten Regisseur getroffen - oder sagen wir besser, gesehen habe und dass ich da gehört habe ...

LORENZ [ungeduldig]: Dass du gehört hast, ...

FLORIAN: ... dass ich gehört habe, wie er jemandem, offensichtlich einem Herrn von der Presse, erzählt hat, dass er morgen - also heute - nach Venedig fahren wird. Für ein neues, interessantes und spannendes Projekt, wie er gesagt hat. Ich glaube, er wird wohl einen Krimi oder so etwas gemeint haben.

LORENZ *[schwärmerisch]*: Das würde ich auch gerne ...

FLORIAN: Was? So etwas meinen?

LORENZ: Nein, Du Schnösel! Bei einem seiner Filme mitspielen, natürlich! *[Lorenz erblickt rechts bei einem Zeitschriftenständer am Kiosk Otto]* Du, ist das nicht ... *[deutet nach rechts]* ... Warte einen Moment! *[Er geht zum Kiosk und beobachtet Otto „unauffällig". Inzwischen sucht Florian vergeblich seinen Fahrschein, stülpt alle Taschen um]*

FLORIAN *[ärgerlich]*: Ei, verdammt, wo hab´ ich denn bloß meine Fahrkarte? Das gibt´s doch nicht! Ich hab´ sie doch gerade noch gehabt. Aah! Wie heißt es doch: Lorenz am Morgen bringt Kummer und Sorgen! - Oder so! Verschwunden! Spurlos weg! *[Er geht zum Fahrkartenschalter]* Doppelt hält besser! Einmal Student nach Venedig!

SCHALTERBEAMTE: Nur einfach?

FLORIAN: Ja, nur hin! *[zu sich]* Vielleicht findet sich mein altes Ticket ja doch noch irgendwo! *[Er steckt die Karte ein und geht wieder zu Fahrplänen zurück]* Durch mich werden die ÖBB noch einmal aus den roten Zahlen kommen. Aber - was hätte ich machen sollen? Quid faceram? - wie der alte Römer zu sagen pflegte. *[Er sieht zu Lorenz. Otto sucht etwas in ihrer Handtasche, sieht dann auf die Uhr und verlässt schnell die Bahnhofshalle, Lorenz geht zurück zu Florian]*

LORENZ: Und? Hast Du Dir inzwischen etwas gekauft? - Zum Essen, meine ich?

FLORIAN: Gekauft - ja! Essen - nein!

LORENZ *[abwesend]*: Schon gut! Hast Du übrigens die rothaarige. Frau - was sag´ ich, Frau! - diese DAME dort drüben gesehen?

FLORIAN: Die Alte bei den Zeitungen, die Du umkreist hast wie der Sputnik zu seinen besten Zeiten die Erde?

LORENZ *[entrüstet]*: Die Alte!? Du bist wieder einmal so etwas von unwissend! Diese Dame, in den besten Jahren übrigens - also durchaus keine Alte - ist Wiens wohl bekannteste Schauspielerin, Otto, DIE Otto.

FLORIAN: Was Du nicht sagst!

LORENZ: Sag bloß, Du hast sie noch nie gesehen?

FLORIAN: Ich weiß nicht, vielleicht ist sie mir einmal auf der Kärntner Straße begegnet. Möglich!

LORENZ: Doch nicht auf der Kärntner Straße, sondern in der Josefstadt!

FLORIAN: Wieso? Wohnt sie dort?

LORENZ: Banause! Dort spielt sie natürlich!

FLORIAN: Natürlich! - Und was? Canasta, Tarock, Schwarzer Peter?

LORENZ: Theater! Aber sag´ einmal, wie alt bist Du eigentlich?

FLORIAN: Vierundzwanzig, aber das weißt Du doch, wieso fragst Du?

LORENZ: Ich wollte nur wissen, wie lange ein Mensch ohne Hirn leben kann. - Du hast Deinen Kopf ja auch nur, um kleine Kinder zu erschrecken!

FLORIAN: Zu komisch, Du - Du Westentaschen-Hamlet Du!

LORENZ: Ja, ja! Mach Dich nur lustig über mich. Du wirst sehen, wer ...

FLORIAN: ... wer zuletzt lacht, lacht am .... ja, ja. Das kenn´ ich.

LORENZ: Das ist auch so etwas, was ich nicht an Dir verstehe. Im Ernst, Du liest, ja verschlingst regelrecht einen Klassiker nach dem anderen, kennst alle modernen Werke, sämtliche bedeutenden Zitate, aber Du gehst so gut wie nie ins Theater.

FLORIAN: Als Zuseher ins Theater? Nein, da fürchte ich mich immer so!

LORENZ: Im Theater?

FLORIAN: Ja, wenn es dann immer so dunkel wird ...

LORENZ: Armes kleines Bubi. Fürchtet sich im Finstern! - So ein Blödsinn!

FLORIAN: Quatsch! Nur - ich habe ja wirklich schon fast alles gelesen, was es so in den letzten paar Jahrhunderten fürs Theater gegeben hat und deshalb weiß ich natürlich immer schon, wie das Stück ausgeht, und das ist auf die Dauer sooooo fad.

LORENZ: Na, na, na! Du glaubst ja wirklich, Du weißt alles. Aber es gibt doch immer neue Inszenierungen, neue Interpretationen von ein und demselben Stück.

FLORIAN: Aber der Inhalt ändert sich selten!

LORENZ: Du glaubst also, Du weißt über ALLE Stücke Bescheid?

FLORIAN: Nun, allwissend bin ich nicht, doch viel ist mir bewusst. Goethe, Faust.

LORENZ *[wendet sich mit Grauen ab]*: Heute, gleich nach dem Aufstehen hab´ ich noch gehofft, Du würdest mich wenigstens am frühen Morgen mit Deinen geschwollenen Floskeln und großen Dichterworten verschonen, aber die Hoffnung war, wie man sieht, oder besser gesagt, hört, leider ganz und gar vergebens. Warum kannst Du nicht einfach so reden, wie DIR der Schnabel gewachsen ist? Also, mir geht das ewige Deklamieren schon etwas auf den Geist!

FLORIAN: Mich stört das nicht! Im Gegenteil, es zeugt doch von einer ungeheuren Belesenheit!

LORENZ: Uff! Ächz! Ha, hi-hi! Bumm! ... Grr! Stöhn-Dong!

FLORIAN *[unterbricht]*: Was hast Du denn jetzt wieder?

LORENZ: Ich demonstriere Dir nur MEINE Belesenheit!

FLORIAN: Ach?

LORENZ: Da staunt der Laie und der Fachmann wundert sich, gell? Sag bloß, DU weißt nicht, woraus ich eben zitiert habe. *[Florian zuckt mit den Schultern]* Das weiß doch wirklich jedes Kind: Micky Maus, Heft 14, 1987. Seite acht oder neun, da bin ich mir jetzt nicht mehr so ganz sicher!

FLORIAN: Mach Dich nur lustig über mich! Aber, in gewisser Weise schneidest Du Dir damit ja ins eigene Fleisch. Du wolltest doch einmal Schauspieler werden, da würdest Du auch die Worte großer Schriftsteller in den Mund nehmen müssen, oder hättest Du nur stumme Rollen gespielt?

LORENZ: Ich kann jede Rolle spielen!

FLORIAN: Auch Nackenrollen?

LORENZ *[tadelnd]*: Tz-tz! Nein, Zitate hin, Zitate her, ich weiß eben Beruf und Privatleben streng zu trennen. Du weißt, wie wichtig das ist.

FLORIAN: Ja, es soll schon einen Arzt gegeben haben, der ist nach Hause gekommen und hat zu seiner

Frau gesagt: „Schwester, kochen Sie mir einen starken Kaffee, ich habe nur noch eine kleine Operation vor mir." - Dann ist er in die Küche gegangen und hat den Truthahn tranchiert.

LORENZ: *[lacht gekünstelt]* Ha-ha! Und nochmals: Ha!

FLORIAN: Pst!

Ansage über den Lautsprecher:

„Intercity 514 Romulus von Wien Südbahnhof Rom über Bruck an der Mur, Villach, Udine, Venedig nach Rom fährt in Kürze von Bahnsteig acht ab, bitte einsteigen, Türen schließen automatisch."

FLORIAN: Das ist unserer! Los komm!

LORENZ: Aber Tauberhelli ist noch nicht da, und auch sonst kein Schauspieler!

FLORIAN: Na, ist diese Frau Lotto denn niemand?

LORENZ: Otto!

FLORIAN: Wo? Den habe ich schon ewig nicht mehr gesehen, was macht der am Bahnhof?

LORENZ: Otto heißt die Dame von vorhin!

FLORIAN: Ist das nicht eher ein Name für einen Mann? Ich finde, in manchen Bereichen geht die Emanzipation wohl etwas zu weit.

LORENZ: Sie heißt ja auch nur mit Nachnamen - oder mit ihrem Künstlernamen, was weiß´ ich - Otto. Sie heißt Eleonore Otto.

FLORIAN: Der alte Geheimrat Goethe hat schon gewusst: Namen sind doch nur Schall und Rauch.

LORENZ: Wer weiß, vielleicht haben wir die alle übersehen und sie sitzen bereits im Zug. Komm, jetzt heißt es, die Beine in die Hand nehmen.

FLORIAN: Also los!

Die beiden nehmen ihr Gepäck und laufen zu Bahnsteig acht. Wenig später sieht man Tauberhelli, Lang, Hack, Fritz, Otto, Klausner, Beinhold und Schrank mit viel Gepäck ebenfalls zu Bahnsteig acht laufen.

2. AKT

Ort: in drei Abteilen eines Zuges

Lorenz und Florian sitzen alleine in einem Abteil, im Abteil rechts daneben sitzen Otto, Fritz, Lang, Hack und Tauberhelli.

FLORIAN: Jetzt musst Du mir aber schon erzählen, warum wir wirklich in aller Herrgottsfrühe nach Italien fahren müssen.

LORENZ: Das wirst Du Dir doch jetzt denken können!?

FLORIAN *[aufgebracht]*: Warum? Woher soll ich das denn wissen? Meinst Du vielleicht, gestern hat Madame Esmeralda kurz bei mir vorbeigeschaut, in ihre Glaskugel gesehen, und hat mir erzählt, was mir morgen, also heute passieren wird?

LORENZ: Nein, nein, aber Du warst doch gestern im Parkhotel, richtig?

FLORIAN: Richtig! Aber - auch dort hat keine Wahrsagerin auf mich gewartet!

LORENZ *[stutzt, schüttelt abfällig den Kopf]*: Ach!

FLORIAN: Ich habe dort wie jeden Sonntag ein bisschen Klavier gespielt, und?!

LORENZ: Und am Abend hast Du mir ja dann erzählt, wen Du dort getroffen hast.

FLORIAN: Ach so! Na, getroffen ist vielleicht etwas zuviel gesagt - wir waren nur zufällig zur selben Zeit am selben Örtchen.

LORENZ *[entsetzt]*: Waaaaaaas? DORT hast du?

FLORIAN *[lacht]*: Nein, am selben ORT, nicht am selben ÖRTCHEN!

LORENZ: Hätte mich auch sehr gewundert!

FLORIAN: Was? Dass so ein berühmter Mensch auch einmal dorthin muss, wohin selbst der Kaiser zu Fuß geht?

LORENZ *[spottend]*: ... wohin selbst der Kaiser ... Also, willst Du jetzt wissen, wieso und weshalb?

FLORIAN: Sicherlich! *[unheimlich ernst]* Ich bin ganz Ohr *[hält ihm sein rechtes Ohr hin]*, halt! Nein! *[hält linkes Ohr hin]* Auf dem höre ich besser!

LORENZ *[geduldig]*: Also, Du hast mir gestern erzählt, am Abend, dass Du im Imperial den berühmten Regisseur Tauberhelli gesehen hast.

FLORIAN: Korrekt!

LORENZ: ... und, dass er dort eine Besprechung für sein neues Filmprojekt gehabt hat.

FLORIAN: Richtig!

LORENZ: Na, also!

[längeres Schweigen]

FLORIAN: ... Uuuuuuund?

LORENZ: Was uuuuuuund? Es ist doch sonnenklar! Der Tauberhelli dreht also einen Film. Und wo?

FLORIAN: Im Studio?

LORENZ: Ach was! In Venedig natürlich, Du hast doch selbst gesagt, die Filmleute hätten sich verabredet, dass sie sich heute um sechs Uhr fünfzehn am Südbahnhof treffen, um gemeinsam mit diesem - unserem - Zug nach Venedig zu fahren.

FLORIAN: *[ratlos]* A-ha.

LORENZ: Und das ist natürlich unsere Chance - also meine ganz sicherlich. Was Du aus dieser Reise machst, bleibt ja schließlich Dir überlassen. Ich für meinen Teil möchte irgendwie an diesem, wie hat Tauberhelli gesagt, „Projekt", teilnehmen und so meinen Einstieg ins Schauspiel schaffen.

FLORIAN *[ärgerlich]*: Es ist noch kein Meister vom Himmel gefallen - DU glaubst aber wohl, Du bist die Ausnahme, die die Regel bestätigt, was? Andere nehmen bereits im Vorschulalter oder noch früher Tanzstunden, Gesangsunterricht oder gehen zum Kinderballett, und du? *[aufgebracht]* Der Herr Studioso glaubt wohl, er hat das alles nicht nötig, er ist ein Naturtalent, er kommt mit seinen immerhin schon fast fünfundzwanzig Jahren einfach zu einem

Regisseur, sagt: „Da bin ich, geben sie mir eine Hauptrolle!" und - schwuppdiwupp - alles liegt ihm zu Füßen. Und ich Idiot lass mich auf so eine Schnapsidee auch noch ein! *[schlägt sich auf die Stirn und schüttelt verärgert den Kopf]*

LORENZ: Aber Flori ...

FLORIAN: *[wütend]* ... und steh´ auch noch mitten in der Nacht auf!

LORENZ: Jetzt hör´ doch ...

FLORIAN: *[redet sich in Rage]* ... nicht einmal gefrühstückt habe ich!

LORENZ: ... lass mich doch ...

FLORIAN: ... er will ein Star werden ...

LORENZ: Trottl!

FLORIAN: Trott-EL, wenn ich bitten darf, Herr ... Herr ... Burgschauspieler, TrottEL - Sie müssen schon schön sprechen, wenn sie zum Theater oder zum Film wollen: TrottEL, Dumm-kopf, I-di-ot. Keine Silben verschlucken, also noch einmal, Eliza, sprich mir nach: Es grünt so grün, ...

LORENZ: Bei Gott, jetzt hat´s ihn - völlig erwischt!

FLORIAN: VölliCH, lieber Freund, völlich erwischt, man sagt ja auch: Der Könich ist ein wenich traurich! Lustig - äh, lustich, oder?

Aber wozu sage ich Dir das alles? Das weißt Du ja bestimmt alles, oder?

LORENZ: Mmmmmmmmmmmh! Phhh!

FLORIAN: Weil, wenn nicht, dann hättest Du vielleicht doch fürs Este einmal etwa Schauspiel-unterricht nötig - nötich.

LORENZ: Du weißt auch nicht, wovon du sprichst!

FLORIAN: Zwar weiß ich viel, doch möchte´ ich alles ...

[Lorenz macht wegwerfende Geste]

FLORIAN: Faust, erster Teil.

LORENZ: Jetzt hör´ mir doch erst einmal zu.

FLORIAN: Beeile dich, wenn Du mir etwas sagen willst, denn bei der nächsten Station steige ich aus - ich mache doch so einen Zirkus nicht mit. Ich mache mich doch nicht lächerlich, ICH nicht!

LORENZ: Du weißt, mein Vater ist Anwalt?

FLORIAN: Ist das eine Drohung?

LORENZ: Und mein Großvater war auch Anwalt, und dessen Vater ebenfalls! - Was, glaubst Du, möchte mein Vater, dass ich einmal beruflich werde?

FLORIAN: *[genervt]* Oberförster?

LORENZ: Anwalt natürlich, deshalb habe ich auch begonnen, Jus zu studieren.

FLORIAN: Was heißt begonnen, Du bist doch jetzt schon im ... na, mindestens im dreizehnten oder vierzehnten Semester, d.h. Du solltest langsam aber sicher bald fertig sein.

Florian nimmt seinen Rucksack von der Gepäckablage und geht auf den Gang.

LORENZ: Ich werde nie fertig! Ich studiere nämlich schon seit vier Jahren nicht mehr!

Florian nimmt sein Gepäck und setzt sich wieder ins Abteil.

LORENZ: Na, neugierig geworden?

FLORIAN: Das kann man so sagen, ja! - Du studierst nicht mehr? Aber, was hast Du dann die ganze Zeit gemacht? Nur gefaulenzt? Du warst doch immer soooo beschäftigt?!

LORENZ: Das hatte auch seinen guten Grund. *[Der Zug bleibt stehen, man hört die Ansage durch den Lautsprecher: „Wiener Neustadt"]* Aber - wolltest Du nicht aussteigen?

FLORIAN: Unsinn! Los, erzähle!

LORENZ: *[lacht]* Neugier, dein Name ist Mann!

FLORIAN: Hast Du etwa nebenher gearbeitet?

LORENZ: Wie man es nimmt!

FLORIAN: Jetzt sag´ es schon!

LORENZ: Nun, ich habe das gemacht, was andere im Kindergarten machen, wie Du gesagt hast, lieber Florian, nämlich: Tanz, Gesang, Ballett - das aber nur ganz kurz - und natürlich Sprechunterricht und so weiter. Nebenbei habe ich als Platzanweiser im Volkstheater gearbeitet.

FLORIAN: *[schüttelt den Kopf]* Und wir haben Dich alle für einen Streber gehalten, weil wir geglaubt haben, Du lernst so oft und viel, weil Du fast nie Zeit gehabt hast. Keine Partys am Abend, keine Zeit für ein Fußballmatch am Nachmittag, keine Zeit für einen Wochenend-Trip…

LORENZ: Naja, privater Schauspielunterricht kostet eben sehr viel Geld und noch mehr Zeit.

FLORIAN: Warum bist Du dann nicht einfach auf eine öffentliche Schauspielschule?

LORENZ: Einfach! Wenn das so einfach gewesen wäre.

FLORIAN: Bist Du etwa …?

LORENZ: Ja, ich bin nicht aufgenommen worden. Keine Chance bei der Aufnahmeprüfung. Aber das Schlimmste ist ja, dass ich das alles heimlich machen musste bzw. muss. Schließlich will mein Vater ja, dass ich ganz brav sein Nachfolger werde und seine Kanzlei übernehme - früher oder später.

FLORIAN: Was ist denn mit Deinem Bruder?

LORENZ: Der kann nicht. Er soll nächstes Jahr die Kanzlei von seinem zukünftigen Schwiegervater übernehmen.

FLORIAN: Tu felix Austria nube! Das ist ja wie bei den Habsburgern, die haben auch ihren Einflussbereich durch gescheite Heiraten vergrößert. Und Deine Schwester?

LORENZ: *[enttäuscht]* Susi? Sie ist Papis Liebling und kann tun und lassen, was sie will.

FLORIAN: Und was will sie?

LORENZ: *[verbittert]* Reich heiraten und viele Kinder kriegen.

FLORIAN: *[mit Gefühl]* Also werden alle juristischen Hoffnungen in Dich gesetzt.

LORENZ: Eben. Und so habe ich also als ach so braver Sohn begonnen, Jus zu studieren; meine wahre Liebe hat aber seit jeher dem Theater gegolten.

FLORIAN *[singt]*: „Theater, o Theater, du der Kunst geweihter Tempel - raubst viel´ Geschöpfen Herzensruh´, du bist so ein Exempel." Hat schon Nestroy gesagt, aber - was hat der nicht gesagt?

LORENZ: *[bedrückt]* Wie recht er nur hat! Aber, in mir hat schließlich auch die Sehnsucht zum Theater gesiegt. Ich habe schon als Kind beschlossen, Schauspielunterricht zu nehmen. Heimlich natürlich. Denn den Mut, vor meine Eltern, vor allem vor meinen Vater zu treten und zu sagen:

„Adieu Anwaltspraxis, adieu Sicherheit! Ich gehe zur Bühne", den hatte und habe ich bei Gott nicht. Schließlich war ich mir auch nicht sicher, ob aus dieser Idee jemals auch nur irgendetwas werden könnte. Ich habe zu Beginn natürlich auch versucht, an einer der großen Schauspielschulen aufgenommen zu werden, Du weißt schon, Reinhardt-Seminar, Mozarteum und so. Und mir vorgestellt, dass ich dann meinem Vater den Erfolg präsentieren kann – aufgenommen zu werden als einer der ganz wenigen. Das wäre etwas Besonderes gewesen, hätte es vielleicht einfacher gemacht, dass Vater stolz auf mich sein hätte können.

FLORIAN: Und?

LORENZ: Es war entsetzlich, fürchterlich! Nach der zweiten Runde war ich draußen. Ich war einfach zu nervös und auch noch zu unerfahren. Ich habe ja keinen blauen Dunst davon gehabt, wie das dort alles vor sich gehen könnte. Ich sage Dir, da waren Leute dabei, die waren schon regelrechte Profis und hatten auch bereits praktische Erfahrung, wenn auch nur in kleinsten Rollen an noch kleineren Theatern, aber immerhin.

FLORIAN: *[nickt zustimmend]* Grau ist jede Theorie, doch die Praxis ersetzt sie nie!

LORENZ: Leider!

FLORIAN: Aber stell dir vor: Auch diese Mitbewerber sind großteils durch die Aufnahmsprüfung gerasselt, und das zumeist nicht zum ersten Mal, wie sie mir erzählt haben. Da waren einige dabei, die hatten schon eine regelrechte Tournee hinter sich - von Aufnahmeprüfung zu Aufnahmeprüfung - von Wien über Salzburg, München, Köln nach Basel und so weiter und das oft schon über Jahre. Und da sollte ausgerechnet ich, ohne fundierte vorangehende Ausbildung, beim ersten Vorsprechen aufgenommen werden? Ich habe es nicht einmal glauben können, als man mir gesagt hat, dass ich in die zweite Runde gekommen bin und die Vorausscheidung überstanden habe. Dort war allerdings Endstation. Leider. *[seufzt]* Danach habe ich dann, wie ich Dir bereits erzählt habe, Unterricht genommen: ich kann jetzt tanzen - vor allem steppen -, schön und richtiCH sprechen und sogar ganz passabel singen.

FLORIAN: Und Dein Jus-Studium?

LORENZ: Habe ich so gut wie aufgegeben. Ich mache nur die Mindestanzahl an Prüfungen, die man ablegen muss, um einen Nachweis für den Studienfortschritt für das Finanzamt und somit für meinen Vater zu bekommen.

FLORIAN: Aber das sind im Schnitt so ungefähr sechs bis acht Prüfungen pro Jahr, dann bist Du ja doch schon ganz schön weit.

LORENZ: Eben nicht! Auf diesen Formularen ist nämlich nur die Anzahl der Prüfungen und die Note vermerkt, aber nicht, um welche Prüfungen es sich handelt. Deshalb lege ich Jahr für Jahr dieselben Prüfungen ab.

FLORIAN: Langsam, langsam. Verstehe ich das richtig, Du machst jetzt schon zum vierten oder fünften Mal dieselben zwei, drei Prüfungen pro Semester?

LORENZ: *[kleinlaut]* Korrekt, immerhin habe ich das letzte Mal bereits einen Notendurchschnitt von 1,8 erreicht. Du glaubst gar nicht, wie das meine Eltern immer wieder gefreut hat, wenn ich von Jahr zu Jahr immer bessere Noten nach Hause gebracht habe. Mein Vater hat daraus sogar geschlossen, dass ich mich mit zunehmender Dauer meines Studiums immer mehr für die Jurisprudenz zu interessieren begonnen habe. Dabei habe ich es nicht einmal zum ersten Staatsexamen gebracht, das man noch relativ leicht in der Tasche haben könnte ... wenn man wollte. *[seufzt]*

FLORIAN: *[nach einer längeren Pause, nachdenklich]* Ganz ehrlich, wie hast Du dir eigentlich deine nähere und fernere Zukunft vorgestellt? Irgendwann, ich hoffe für Dich, dass es erst sehr spät sein wird, wird Dir Dein Vater auf die Schlicht kommen, und was dann? Du kannst nicht ewig so weitermachen. Nicht wegen

Deinem Vater. Aber auch nicht wegen Dir selbst.

LORENZ: Hm. Für den Fall des Falles, der leider früher oder später eintreten wird und wahrscheinlich auch eintreten muss, kann ich meinem Familienobersten nur sagen, dass ich außer einer zweijährigen Ausbildung zum Werbefachmann, etwas, was mich auch schon immer interessiert hat und mir deshalb außerordentlich leicht gefallen ist, und einigen, na, eigentlich sehr vielen Unterrichtsstunden im Tanzen, Singen, Atmen, in Bewegung, im Fechten, in Mimik und Gestik und allem, was halt so dazu gehört, - dass ich also außer diesen Dingen in den letzten Jahren nichts geleistet habe.

[resigniert]- Mehr als enterben kann er mich ja nicht.

FLORIAN: Aber Deine vielen Zusatz-Lehrgänge außerhalb des eigentlichen Studiums? Was ist mit denen? *[mitleidig]* Hast du sie auch nicht...?

LORENZ: Naja, die musste ich wohl oder übel vortäuschen. Mein Vater hätte keinen Groschen dafür ausgegeben, dass ich einmal so ein Werbefritze oder gar ein Schauspieler werde, also habe ich ihm erklärt, ich möchte meinen „juristischen Horizont" mit einem Zusatzlehrgang erweitern. Dafür hat er mir gerne Geld gegeben, das ich allerdings -ähem-

leicht zweckentfremdet ausgegeben habe. Du siehst vor dir also keinen Juristen in spe, sondern nur einen kleinen Werbegraphiker, arbeits- und in Kürze wohl auch mittellos, dessen Leben seit, na, doch schon einigen Jahren nichts als eine große Lüge und Heimlichtuerei ist.

FLORIAN: Und nach diesen Lehrgängen hat dich dein misstrauischer Vater gar nie gefragt?

LORENZ: Doch, doch auch hier waren wieder die kurzen Beine im Spiel.

FLORIAN: Die kurzen Beine?

LORENZ: Na, Lügen haben --- *[macht wegwerfende Geste]* Egal! Ich habe also nach dem ersten Jahr gesagt, ich hätte den Lehrgang gewechselt, deshalb kann ich ihm noch keine Zeugnisse vorweisen. Nach einem weiteren Jahr habe ich ihm gesagt, ich konnte zur Prüfung nicht antreten, weil diese zeitgleich mit einer äußerst wichtigen Prüfung in meinem Jusstudium sei, letztes Jahr habe ich gesagt, ich bin, - peinlich, peinlich, aber was hätte ich machen sollen, durch die Prüfung gefallen und für heuer muss ich mir erst eine Ausrede einfallen lassen.

FLORIAN: Du Feigling! Aber zumindest bist Du nie um eine Ausrede verlegen. *[lacht]* Aus Dir wäre sicher ein guter Winkeladvokat geworden.

LORENZ: Ich will aber kein so ein Rechtsverdreher werden. Ich mag einfach nicht. *[Pause]*

Aber Du hast recht, wahrscheinlich bin ich wirklich feig! Ich möchte meinen Eltern erst dann die Wahrheit sagen, wenn ich schauspielerisch zumindest einen kleinen Erfolg verbucht habe. Der Triumph, diese innerliche Genugtuung gönne ich mir, dass ich dann getrost sagen kann: „Wisst ihr, statt Jus habe ich mich in den letzten Jahren - mit eurem Geld, vielen Dank - den Brettern, die die Welt bedeuten, zugewendet, und ich habe auch schon ein Engagement. Ihr seht, es war also richtig, diesen Weg einzuschlagen. - Und außerdem, sollte einmal mein Typ nicht mehr so gefragt sein, was ich mir eigentlich nicht vorstellen kann und will, kann ich mir immer noch in der Werbebranche einen Namen machen und ich bin nicht auf eine ererbte Kanzlei angewiesen. Ich bin nämlich auch fertig ausgebildeter Werbefachmann! Ätsch!"

FLORIAN: Pass´ nur auf, dass Du nicht ein fertig eingebildeter Arbeitsloser wirst, das wäre in Deinem Fall doppelt peinlich. Und vielleicht das „Ätsch" am Ende solltest Du auch besser weglassen. Im Sinne des Familienfriedens. Falls der dann überhaupt noch existieren sollte.

LORENZ: *[fällt in sich zusammen, deprimiert]* Ich weiß, ich weiß. Aber, um meine Karriere etwas voranzutreiben, dazu bin ich ja eigentlich hier.

Ich weiß nur noch nicht so genau, wie ich es am geschicktesten anstellen soll, dass ich mit Tauberhelli oder zumindest einem der Schauspieler in ein Gespräch komme.

FLORIAN: Eine Frage, nur so zwischendurch, ...

LORENZ: Ja?

FLORIAN: Warum musste ICH unbedingt mitkommen?

LORENZ: Ich habe mir gedacht, immerhin willst Du ja schließlich auch einmal als Musiker ganz groß herauskommen.?

FLORIAN: Das stimmt, schließlich studiere ich nicht umsonst Klavier und Komposition an der Musikhochschule, neben meinem Lehramtsstudium für Musik und Germanistik. Aber arbeitslose Lehrer gibt es ohnehin schon viel zu viele, also hoffe ich auf die Musik. Musik ist mein Leben. Ich hoffe, auch mein künftiges.

LORENZ: Ich weiß. Vielleicht bietet sich darum die Gelegenheit, dass Du Dich mit den Herrschaften bekanntmachst und Deine musikalische Mitarbeit für ein etwaiges neues Projekt offerierst.

FLORIAN: Du weißt doch, ich überlasse das alles lieber meinen beiden Freunden: Zufall und Glück. Das ist auf jeden Fall bequemer und führt in meinem Falle zumeist auch zum Erfolg. - Früher oder später. Meistens. Hin und wieder. Hoffe ich.

LORENZ: *[aufmunternd]* Aber ein bisschen nachhelfen kann doch nicht schaden, wie heißt es doch im Volksmund so trefflich: „Das Glück is´ a Vogerl, ...“

FLORIAN: Wir werden ja sehen, wer schneller zum Erfolg kommt, Du mit deiner Penetranz- äh, ich meine Konsequenz, oder ich mit meinem, wie Du immer behauptest, „sprich-wörtlichen Glück“.

LORENZ: *[unsicher]* Nun denn, so sei es.

FLORIAN: *[bestimmt]* Möge die Übung gelingen!

[längeres Schweigen]

LORENZ: *[zum Fenster hinaus]* Wo sind wir eigentlich?

FLORIAN: *[sieht auf die Uhr]* In knapp drei Stunden sind wir SCHON an der Grenze, jetzt sind wir noch nicht einmal am Semmering, der Grenze zwischen Genie und Wahnsinn, wie wir Wiener den Steirern immer versichern.

LORENZ: Achtung, der Schuss kann auch in die andere Richtung gehen. Wie jedes Ding kann man auch den Semmering von zwei Seiten betrachten.

FLORIAN: Das weißt Du, das weiß ich, aber die Steirer haben das bis jetzt noch nicht entdeckt.

LORENZ: Wir sind also jetzt am Fuße des Semmerings.

FLORIAN: Wir sind ja auch bereits über eine Stunde unterwegs. Aber wie hat schon Einstein gesagt: Alles ist relativ!

LORENZ: Gottseidank.

FLORIAN: Du fährst wohl gerne mit der Bahn?

LORENZ: Heute ausnahmsweise einmal ja! Stell Dir vor, die Schauspieler wären alle mit dem Auto gefahren, wie hätte ich sie da kennenlernen sollen? Bahn-sei-Dank ist das aber möglich.

FLORIAN: Jetzt mach aber einmal halblang, Du tust ja gerade so, als ob Du sie bereits kennengelernt hast!

LORENZ: Na, bin ich der Otto vielleicht nicht schon begegnet, in der Wartehalle, bei den Zeitungen?

FLORIAN *[abfällig]*: Begegnet?

Lorenz *[in Gedanken]*: Sie hat so schöne Züge!

FLORIAN: Schöne Züge hat die Bundesbahn auch! - hat schon Farkas bemerkt.

LORENZ *[sucht sein Portemonnaie in seinem Gepäck, will gehen]*: Wart´s nur ab: Wer zuletzt lacht, ...

FLORIAN: Wo gehst Du hin? Doch nicht etwa direkt zu Deinen zukünftigen Kollegen, die hier irgendwo im Zug sind? Das würde mich aber sehr wundern, wenn Du auf einmal so offensiv wärst und schnurstracks zu ihnen gingst. *[Pause, während Lorenz weitersucht]* Aber, wir wissen ja nicht einmal, wo sie sich in diesem Zug niedergelassen haben.

LORENZ: Eben! Und deshalb gehe ich jetzt nach vor in den Speisewagen und dabei sehe ich mir die einzelnen Abteile etwas genauer an ... *[Florian will etwas sagen, Lorenz macht abfällige Geste]* Ich weiß, nicht die Abteile, sondern die Menschen in den Abteilen, die Insassen. - Zufrieden?

FLORIAN *[nickt]*: Die einen ohne Sinn aßen, die andern waren Insassen. - Kleiner Schüttelreim.

LORENZ *[ungeduldig]*: Von wem?

Florian deutet auf sich.

LORENZ *[wenig begeistert]*: Großartig!

FLORIAN: Danke, danke, ich bin Applaus gewöhnt.

LORENZ: Bis später! *[geht]*

Lorenz geht nach rechts, am angrenzenden Abteil fast vorbei. Er schaut ins Abteil, geht weiter, bleibt an Wand gedrückt rechts vom Abteil stehen. Überlegt, sieht noch einmal ins Abteil, denkt länger nach, nimmt seinen ganzen Mut zusammen und läuft unauffällig auffällig in sein Abteil zurück, dort tritt von links gerade der Schaffner ein.

SCHAFFNER: Ihre Fahrscheine bitte!

FLORIAN *[gibt Schaffner die Tickets]*: Du bist schon wieder zurück von Deiner Erkundungsreise?

SCHAFFNER *[zu Florian]*: Ausweis hamma mit?

FLORIAN: Ich schon, aber Sie?

Alle lachen.

Schaffner kontrolliert Lorenz´ Karte. Lorenz legt seine Geldtasche inzwischen auf das Fensterbrett.

LORENZ: Ja, ... ich hab´- äh - den Speisewagen nicht gefunden.

SCHAFFNER: Der Speisewagen ist der übernächste Wagen nach hinten *[deutet nach rechts]*.

LORENZ: Ah, danke. Da habe ich wohl zu früh umgedreht.

Der Schaffner geht nach rechts weiter. Lorenz sieht ihm nach, als der Schaffner das rechte Abteil wieder verlässt, schleicht Lorenz zu diesem Abteil, sieht im langsamen Vorbeigehen hinein und geht weiter in Richtung des Speisewagens.

Im Abteil der Schauspieler:

SCHRANK: Naja, ich habe ja gesagt, meine Enkelin kann das.

OTTO: Meine Nichte war letztens bei mir zu Besuch und da hat sie mich dann ang´schaut und hat g´sagt: „Warum hast du eigentlich nie arbeiten müssen, Tante?" Ihr könnt´s euch denken, ich war zuerst ganz sprachlos. Dann hab´ ich ihr halt erklärt, wie das so is´, mit dem Arbeiten; dass es eben verschiedene Arten von Arbeit gibt, und dass jeder halt das macht, was er am besten kann, oder zumindest glaubt, am besten zu können und so halt.

FRITZ: Wie alt ist denn die Kleine?

OTTO: Sechs, im Herbst kommt´s in die Schule.

FRITZ *[in Gedanken]*: Schule ... ja, der erste Schultag - das ist schon etwas ganz Besonderes. Mein Jüngster, der Daniel, der hat immer zu mir gesagt: "Warum muss ich eigentlich in die Schule gehen, es wäre doch viel bequemer, wenn ich zu Hause bleiben könnte." Er hat gemeint, dann kann er länger schlafen und lernen, wann und wieviel ER will.

Ich hab´ dann halt gesagt: Du musst in die Schule gehen, weil, da gibt es einen Lehrer oder eine Lehrerin und die können dir das alles sicherlich viel besser lernen, was du einmal im Leben brauchen wirst, als ich das könnte. -- Was glaubt ihr, hat dieser Bengel darauf gesagt? -- Er hätte nicht gemeint, dass ich ihn unterrichten soll, sondern seine Mutter, weil die weiß bestimmt viel mehr als ich. Ich muss ja selbst noch lernen, hat er gemeint. - Und das nur, weil er gesehen hat, wie ich in letzter Zeit recht viel Text habe lernen müssen. - Jetzt glaubt er, sein

Vater ist als fast Fünfzigjähriger noch so dumm, dass er dauernd lernen muss.

OTTO: Kindermund! Das war doch nicht bös´ g´meint!

FRITZ: Aber das war ja noch nicht alles!

Ich habe dann gesagt, die Mutti weiß aber auch nicht alles. Es ist schon besser, du lernst in der Schule. Mein Sohn, nicht auf den Mund gefallen, hat gesagt, dann soll zuerst die Mutti in die Schule gehen und alles lernen und dann kann er zu Hause alles von ihr lernen. Er bräuchte also vorläufig nicht in die Schule zu gehen. Ich habe ihn dann zu seiner Mutter geschickt und gesagt, er soll sie fragen, warum er in die Schule gehen muss. - In der Politik nennt man das Umverteilung.

SCHRANK: Das erinnert mich irgendwie an den alten Witz, ihr werdet´s ihn sicherlich kennen, aber - mir g´fallt er so gut.

OTTO: Jö, Ossi, erzähl´. Du weißt, ich kann Dir stundenlang zuhören, wenn Du einen Witz oder eine von Deinen Anekdoten erzählst.

SCHRANK: Aber, er is´ ganz alt.

OTTO: Macht ja nix! Sind wir doch auch! Los, erzähl´ schon!

SCHRANK: Ja, ja! Also: kommt die Mutter in der Früh ans Bett von ihrem Sohn und sagt: „Aufstehen, Kurt-Wilhelm, du musst in die Schule!" Sagt der

Sohn: „Ich mag nicht!", die Mutter wieder: „Aber mein Liebling, du musst jetzt in die Schule, es ist schon halb acht!" Knurrt der Sohn: „Ich gehe heute nicht in die Schule, dort ist es immer so langweilig." - Die Mutter wird langsam aber sicher ungeduldig und sagt ganz ärgerlich: „ Kurt-Wilhelm, du stehst jetzt sofort auf und gehst in die Schule." - Längeres Schweigen, dann sagt der Sohn kleinlaut: „Muss ich wirklich?", worauf seine Mutter sagt: „Aber natürlich, mein Schatz, schließlich bist du der Direktor!"

Alle schmunzeln.

Währenddessen kommt Lorenz wieder vom Speisewagen zurück und setzt sich in sein Abteil, nachdem er langsam am Abteil der Schauspieler vorbeigegangen ist und versucht hat, zu hören, über was in diesem Abteil gesprochen wird.

FLORIAN *[erstaunt]*: Hast Du gar nichts gekauft? Oder hast Du alles an Ort und Stelle verputzt?

LORENZ: Nein, die wollten mir irgendwie nichts geben.

FLORIAN: Wieso?

LORENZ: Na, *[deutet auf seine Geldtasche am Fensterbrett]* ohne Geld!

FLORIAN: Ja, das sieht Dir wieder einmal ähnlich!

LORENZ: Soooo schlecht denkst Du von mir?

FLORIAN: Ach wo! *[übertrieben]* Ich denke natürlich nur das Beste von Dir, was hast Du denn geglaubt!?

LORENZ: Das möchte ich Dir auch raten *[nimmt sein Geld und geht wieder]*.

FLORIAN: Ich kenne meine Pappenheimer! - Schiller.

—

Im Abteil der Schauspieler:

OTTO: Also Kinder, *[steht auf, macht Dehnungs-übungen]* bequem is´ es da nicht, mir tut jetzt schon alles weh, wie wird das erst in ein paar Stunden sein?

FRITZ: Da wirst dann gar nichts mehr spüren! Aber ... vielleicht is´ das dann eh besser so!

SCHRANK: Ich beneid´ beim Zugfahren immer meine Füße, ... weil, die schlafen immer sofort ein! Und das werde ich jetzt auch versuchen. *[legt den Kopf zur Seite und schließt die Augen, die anderen greifen zu Buch und Zeitung bzw. sehen still aus dem Fenster]*

Im Abteil links von Florian und Lorenz sitzen Tauberhelli, Hack und Lang. Hack liest Zeitung und schüttelt dabei zeitweise den Kopf. Tauberhelli sieht aus dem Fenster, Lang spielt gelangweilt mit einem Stift, nickt hin und wieder ein.

HACK *[deutet auf die Zeitung]*: Also, das ist jetzt wieder einmal typisch! Spätestens zum Jahresende soll der Kaffee schon wieder teurer werden und die Zigaretten natürlich auch. Um sage und schreibe 3,4 %!

LANG: Das ist allerdings bitter. *[kurze Pause]* Na, mir kann es ja eigentlich nur recht sein.

Das Rauchen habe ich mir ja ohnehin schon vor über - lass mich nachrechnen - 32 Jahren abgewöhnt, bzw. abgewöhnen müssen und der Kaffee ...

HACK: Aufgeben müssen? Hast Du gesundheitliche Schwierigkeiten gehabt, mit dem Herz?

LANG: Ja, ein Herzensproblem war es tatsächlich. Ich habe vor 32 Jahren geheiratet und meiner Frau war die ewige Qualmerei so gar nicht recht, also habe ich aufgehört *[Hack und Tauberhelli nicken anerkennend]* - ZU HAUSE zu rauchen. Ich habe dann immer nur in Gesellschaft geraucht, war also ein Gelegenheitsraucher, wie es so schön heißt, aber mit der Zeit sind die Gelegenheiten immer seltener geworden und so habe ich es schließlich ganz aufgegeben. Nein, ganz, das ist auch nicht richtig, so zwischendurch werde ich doch noch „rückfällig", so ein paarmal im Jahr, zu passenden Gelegenheiten, bei diversen Festivitäten und größeren Feiern und so.

HACK: Und Du kannst ohne weiteres nach ein paar Zigaretten wieder für längere Zeit aufhören?

LANG: Ja, gottseidank.

HACK: Beneidenswert! Ich rauche zwar auch nicht so übermäßig viel, aber ganz aufhören... hat bisher nicht geklappt.

LANG: So hat halt jeder sein Laster! Aber eigentlich muss mich diese Preiserhöhung ja freuen.

TAUBERHELLI: Das verstehe ich selbst als bekehrter Ex-Raucher nicht wirklich! Bist Du irgendwie an den Einnahmen der Tabakindustrie beteiligt?

LANG: Nein, zu meinem Leidwesen nicht, da könnte man sicherlich ganz schön etwas verdienen, aber ... was glaubt ihr, wenn die Preise jetzt erhöht werden, erspare ich mir ja in Zukunft, weil ich nicht mehr rauche, ein paar Euro mehr. - Relativ gesehen.

TAUBERHELLI: Relativ gesehen, ja.

HACK: Und das Kaffeetrinken, hat Dir das auch Deine Frau abgewöhnt?

LANG: Nein, DAS war ich selbst - oder besser gesagt, mein Magen. Ich habe nicht einmal einen Verlängerten mehr vertragen, da habe ich mich dann auf's Teetrinken verlegt und ich muss sagen, es tut mir sehr gut. - Mein Gott, man wird halt auch nicht jünger.

HACK: Wem sagst Du das? *[nimmt eine Zigarette aus der Schachtel]*.

Du erlaubst doch? Oder fürchtest Du, dass Du rückfällig werden könntest und *[lacht]* plötzlich über mich herfällst wie eine Hyäne über die wehrlose Beute?

LANG: Keine Angst, ich bleibe standhaft *[leise]* - hoffe ich.

HACK *[zu Tauberhelli]*: Ich hoffe, ich störe Dich auch nicht, ich weiß ja, Du bist ein eingefleischter Nichtraucher.

TAUBERHELLI: Aber auch erst seit gut zwanzig Jahren und außerdem, *[er steht auf]* ich muss mir ohnehin einmal etwas die Füße vertreten, dazu ist ja jetzt dann ja sozusagen eine gute Gelegenheit.

HACK *[öffnet das Fenster, zündet sich eine Zigarette an, nimmt zwei Züge, bläst den Rauch nach draußen und dämpft die Zigarette wieder aus]* Diese Nichtraucherzüge heutzutage… Man fühlt sich wie ein Gymnasiast auf Klassenfahrt. *[lacht]*

Tauberhelli steht auf, geht auf den Gang und dehnt und streckt sich vor dem Abteil, in dem Florian sitzt, der von all dem – trotz geöffneter Abteiltür - aber nichts mitbekommt, weil er angestrengt liest].

Von links kommen zwei Frauen.

1. FRAU: T´schuldigung, dürfen wir vorbei?

TAUBERHELLI *[macht einen Schritt ins offene Abteil zu Lorenz]*: Pardon, meine Damen!

Er lässt die Frauen vorbeigehen, als er wieder auf den Gang gehen will kommt ein älteres Ehepaar mit viel Gepäck. Der Mann stellt einen riesigen Koffer vor die Tür des Abteils von Lorenz.

MANN *[nach links zu seiner Frau]*: Jetzt komm doch, Luise! Wir sind ja gleich da.

FRAU *[kommt vollbepackt mit Taschen]*: Jetzt dräng´ doch nicht so, Egon! Wir haben noch genug Zeit.

Die Frau stellt die Taschen zum Koffer und geht nach rechts zurück. Der Mann trägt inzwischen einige Sachen nach rechts weiter.

TAUBERHELLI *[zu Florian]*: Verzeihen Sie, wenn ich Sie störe, aber darf ich mich hier kurz setzen? Ich glaube nämlich, DAS *[deutet auf Gang]* dauert noch etwas länger.

FLORIAN: Bitte, gerne!

[Der Mann kramt bei seinen Sachen herum]

MANN *[ruft zu seiner Frau]*: Was machst Du denn so lange?

FRAU: Ich habe nur nachgesehen, ob wir auch nichts vergessen haben.

MANN: Ja, schon gut! Jetzt komm aber. *[Beide gehen nach rechts ab.]* Florian hat in der Zwischenzeit Tauberhelli gemustert und überlegt offenbar, wen er vor sich hat, er sieht Tauberhelli immer unsicher (und seines Glaubens unauffällig) von der Seite an.

TAUBERHELLI: Aaaah! Ist das schön hier!

Florian sieht ihn verständnislos an.

TAUBERHELLI: Sie müssen nämlich wissen, ich sitze eigentlich im nächsten Abteil!

FLORIAN: Ja?

TAUBERHELLI *[lacht]*: Ach so! Sie müssen wissen, ich bin seit Jahrzehnten ein überzeugter Nichtraucher, aber heute habe ich mich mit zwei Rauchern in ein Abteil gesetzt. Ich war der Meinung, die beiden würden es ein paar Stunden sicherlich ohne eine Zigarette auskommen, aber ich bin eines Besseren belehrt worden. Deshalb bin ich sozusagen geflüchtet und habe bei Ihnen hier Asyl bekommen. Ich hoffe, ich störe Sie nicht...

FLORIAN: Aber, wo denken Sie hin? SIE können doch gar nicht stören! Im Gegenteil, es ist mir eine Ehre, wenn Sie mich mit Ihrer Anwesenheit beglücken. Wie heißt es doch so schön: Besucher vor Sonnenaufgang sind etwas ganz Besonderes.

TAUBERHELLI: Gar Geschwollenes quillt aus seinem Munde! Lassen Sie es gut sein, sonst muss ich mich für die Lorbeeren auch noch bedanken.

FLORIAN: Ach was! - Sind Sie beruflich unterwegs?

TAUBERHELLI: Ja, ja. Leider!

FLORIAN: Wieso leider?

TAUBERHELLI: Weil das gewissermaßen eine Fahrt ins Ungewisse für mich ist. *[leicht überheblich, wirft sich „in Pose"]* Wissen Sie, ich bin ja als Perfektionist bekannt *[Florian nickt zustimmend]*, aber bei diesem Projekt, ich weiß nicht …

Schon morgen sollen wir in Venedig zu drehen beginnen, aber da sind noch nicht alle Vorbereitungen abgeschlossen, wie ich gehört habe. Auch unserer Produzent hat mir signalisiert, dass er noch diverse Probleme aus dem Weg zu räumen hat… Aber vielleicht sind uns ja die Götter der Kunst milde gestimmt und es klappt alles zu meiner Zufriedenheit. Sonst muss ich mir halt etwas einfallen lassen. Es bleibt schließlich doch wieder beim Regisseur hängen.

FLORIAN: Kommt Zeit, kommt Rat!

TAUBERHELLI: Aber Zeit ist Geld, nicht nur beim Film, mein Freund! Merken Sie sich das! - Mir persönlich wäre es - als Privatperson - eigentlich gar nicht so unrecht, wenn nicht alles wie am

Schnürchen klappen würde und wir etwas länger in Venedig bleiben müssten, als nur drei Tage. Es ist schließlich eine Stadt mit einem ganz besonderen Flair, ein hinreißender Ort!

FLORIAN: Ja, ich bin auch immer ganz hingerissen: Soll ich seekrank werden auf dem Vaporetto, oder nicht?

TAUBERHELLI: Lieber nicht! Das könnte sonst _übel_ ausgehen. _[lacht laut über seinen Witz]_

FLORIAN: _[lacht gezwungen mit]_ Sehr übel!

TAUBERHELLI: _[interessiert]_ Sie fahren auf Urlaub nach Venedig?

FLORIAN: Nein. _[korrigiert schnell]_ Ja. _[verlegen]_ Also jein! Das ist eine etwas verzwickte Geschichte. Ich bin mit meinem Freund Lorenz - er ist gerade zum Speisewagen _gegangen [deutet in Richtung Speisewagen]_- gewissermaßen hier, um beruflich etwas vorwärts zu kommen. Der Mensch strebt ja bekanntlich ab dem Zeitpunkt seiner Geburt nach Höherem, sagt -

TAUBERHELLI: _[unterbricht ihn]_ Sie sind also auf Fortbildung?

FLORIAN: Tja, eher fort mit der Bildung, oder so! Nein, wir wollen beide, wenn auch mit verschiedenen Mitteln, zum Erfolg kommen. Wir arbeiten gewissermaßen an unserer Karriere.

TAUBERHELLI: Was sind Sie denn von Beruf, wenn ich fragen darf?

FLORIAN: Sie dürfen, Sie dürfen. Wir sind beide Studenten. Lorenz studiert Jus und ich Klavier und Komposition und ein wenig Germanistik!

TAUBERHELLI: Ah, daher Ihre Vorliebe für Zitate!

FLORIAN: Sie haben es bemerkt?

TAUBERHELLI: War ja nicht zu übersehen oder vielmehr zu überhören. *[lächelt]*

FLORIAN: Man glaubt ja gar nicht, wieviel gescheite Menschen überaus gescheit schon einmal etwas gesagt haben, was ich justament in diesem Augenblick auch gerade ganz gescheit sagen wollte.

TAUBERHELLI: Das is´ g´scheit!

FLORIAN: Na, wohl eher Zufall!

TAUBERHELLI: Nicht so bescheiden. *[leicht ironisch-spöttisch]* Man muss die Zitate ja auch wörtlich wiedergeben können, und das auch noch im richtigen Zusammenhang.

FLORIAN: *[bemerkt den spöttischen Unterton nicht]* Richtig, aber das ist gar nicht immer so einfach, wie es auf den ersten Augenblick scheint.

TAUBERHELLI: Wem sagen Sie das? - Und dann kommt es ja noch auf die richtige Betonung an. Sie kennen doch sicher das Paradebeispiel dafür, welche Auswirkungen eine unterschiedliche Betonung innerhalb eines Satzes haben kann:

IST das dein Sohn?

Ist DAS dein Sohn?

Ist das DEIN Sohn?

Ist das dein SOHN?

FLORIAN: Wilhelm Tell!

TAUBERHELLI *[überrascht]*: Richtig! Sie erstaunen mich immer mehr. [blickt ihn mit Wertschätzung an, nickt wohlgefällig]

Kurzes Schweigen.

TAUBERHELLI: Nun, es war sehr interessant, mit Ihnen zu sprechen, aber ich denke, ich sollte mich wieder nach nebenan begeben und dafür sorgen, dass meine Kollegen ihre Gesundheit etwas schonen und wieder aufhören zu rauchen.

FLORIAN: Sie sorgen also für so etwas wie eine „Rauchpause".

TAUBERHELLI: So kann man es auch sehen, ja! *[er steht auf und wendet sich zum Gehen]* Also dann: Auf Wiedersehen!

FLORIAN: Da geht er hin und kehrt nie wieder.

TAUBERHELLI: Sagen Sie das nicht. Ich hoffe, ich darf mich wieder hierher zu Ihnen flüchten, falls ich da drüben vor lauter Rauch die eigene Hand nicht mehr vor den Augen sehe ...?!

FLORIAN: Sie können gerne auf früher wieder kommen. Es war mir eine Ehre, mich mit Ihnen unterhalten zu dürfen. Es hat mich gefreut, Sie kennengelernt zu haben.

TAUBERHELLI: Die Freude liegt ganz auf meiner Seite und ich werde gerne auf Ihre Einladung zurückkommen, wir sind ja noch eine halbe Ewigkeit unterwegs. Also, dann -- bis später!

FLORIAN: Wiedersehen!

Tauberhelli geht in sein Abteil zurück. Im linken Abteil geht die Türe auf und Fritz geht auf den Gang und wirft dort etwas in den Abfalleimer.

FRITZ: Ihr werdet schon sehen, man sieht es auch vom Zug aus!

OTTO: Du, nein! Das kann ja gar nicht gehen, da is´ ja der Dings, na Du weißt schon, na, geh! Wie heißt denn das Bergerl gleich am Ortsbeginn?

FRITZ *[zeigt aus dem Fenster]*: Da, da! Jetzt komm her und schau dort hinüber! Na, sieht man es jetzt oder nicht?

[Otto geht ebenfalls auf den Gang]

OTTO: Wo?

FRITZ: Ja da! Dort drüben den Kirchturm siehst Du ja, oder?

OTTO: Ja.

FRITZ: Und dann so schräg nach oben bis zu der riesigen Waldfläche, das große gelbe Haus.

OTTO: Mit dem riesigen Wintergarten?

FRITZ: Du sagst es. - Also bitte. Man sieht es von hier aus. - Ätsch!

OTTO: Das hätt´ ich mir jetzt aber nicht gedacht, dass man das vom Zug aus sieht!?

FRITZ: Ich habe es Dir ja immer gesagt, aber welche Frau hört schon auf mich?

Beide gehen wieder in ihr Abteil, Fritz will die Türe schließen.

SCHRANK: Geh, lass die Tür ein bisserl offen, es ist so eine schwüle Luft hier herinnen, wie wenn wir schon im tiefsten Italien wären.

FRITZ *[liest oberhalb der Türe auf einem Schild]*: Gute Wirkung erzielt die Klimaanlage nur bei geschlossener Abteiltür!

Schrank*: [grantig]* Das habe ich ja gemerkt. Lassen wir es nur ein wenig durchziehen, nur ein paar Minuten, dann kannst Du sie meinetwegen wieder zumachen, in Ordnung?

Fritz nickt.

OTTO: Aber das Haus ist schon riesig? *[zu Fritz]* Du warst doch schon einmal dort?

FRITZ: Ja, öfters schon. Da haben mich dero Gnaden in Güte in seiner „bescheidenen Sommerresidenz" empfangen. Ich sage euch was, ... wo man hingesehen hat, nur Teppiche. Teppiche, zwei-, dreifach übereinander und dann viele solche alten Holzmöbel, zahlreiche antike Gemälde, eine ganz moderne Küche mit allem Drum und Dran... und der Garten erst! *[schlägt begeistert die Hände zusammen]*

OTTO: Er hat einen kleinen Badeteich, gell?

FRITZ: Klein ist gut! Aber woher weißt Du ...?

OTTO: Man erfährt ja aus den verschiedensten Zeitungen immer wieder von Kollegen, wie sie im Reichtum schwelgen und dass manche schon gar nicht mehr wissen, welchen Luxus sie sich mit dem vielen Geld noch leisten sollen. Und unsereins? - Fährt für einen wahren Hungerlohn, nur der Freund- und Kollegenschaft wegen - nach Venedig.

SCHRANK: Na, na! SO schlecht wird es Dir doch auch nicht gehen?

OTTO: ICH kann mir zumindest kein Haus in den Bergen leisten - mit Badeteich! ICH nicht!

FRITZ: Ist auch ganz logisch, Du hast Dir ja eben erst eines am Meer gekauft. Eine Villa mit Blick auf die Adria, wie man sich erzählt.

OTTO: Das war nur eine Wohnung. Eine ganz eine kleine!

SCHRANK: Das sagen sie alle!

OTTO: Meine ist wirklich klein. Ich muss sie schließlich auch selbst in Schuss halten, Personal kann ich mir nämlich wirklich nicht leisten. ICH nicht!

FRITZ: Du wirst doch nicht etwa neidisch sein, auf Robert und seine Sommerresidenz?

SCHRANK: Du musst ihm immerhin neidlos zugestehen, dass er zurzeit einer der meistbeschäftigten Schauspieler in Wien, um nicht zu sagen, in ganz Österreich ist.

OTTO *[beleidigt]*: Ach was!

SCHRANK: Neidisch?

OTTO: Hjmpf!

FRITZ: Im September wird er angeblich den Don Quixote geben. Ich bin schon gespannt, wie er das machen wird. Die Elvira Sommer soll seine Dulcinea sein, munkelt man hinter vorgehaltener Hand!

SCHRANK: Tatsächlich? Hätte aber eigentlich nicht der Kränzer den Quixote geben sollen?

FRITZ: Zuerst schon, der Vertrag war auch schon unterschriftsreif, aber dann soll sich die Direktion doch noch im letzten Moment für Robert entschieden haben. Ich weiß aber nicht, warum!

OTTO *[aufgebracht]*: Nichts zahlen wollten sie ihm, dem Kränzer, das ist die Wahrheit. Und da hat der Dummkopf dann gleich alles hingeschmissen. Dabei wäre ich für seine Dulcinea vorgesehen gewesen. Aber wenn Robert den Ritter gibt, da kann ich dann natürlich nicht mitspielen, der spielt ja immer mit der Höffner, dieser aufgeblasenen Tussi aus Hamburg. Die ist schon seit Jahren in jeder seiner Produktionen seine Partnerin gewesen. Die beiden seien ein eingespieltes Team, hat es geheißen, darum sei für mich leider kein Bedarf. Schluss, aus, basta.

SCHRANK: Daher weht der Wind. Deshalb bist Du so schlecht auf Robert zu sprechen und missgönnst ihm alles.

OTTO *[ihn nachäffend]*: Missgönnst ihm alles! Pah! – Ich gönne ihm alles: Pest, Cholera – oder gleich beides zusammen. *[spottend]* Einen eigenen See, ein riesiges Haus, Geld wie Heu ... und mit der Höffner Musical spielen *[sie steht auf und geht zur Tür]* Es reicht! - *[schmeißt die Tür zu]* Genug Frischluft!

Lorenz kommt mit einem „Jausensackerl" zurück in sein Abteil und setzt sich.

FLORIAN: Mahlzeit!

LORENZ: Danke! *[legt seine Jause in die Gepäckablage]*

FLORIAN: Was soll denn das werden, wenn es fertig ist?

LORENZ: Ich weiß nicht, aber im Moment habe ich gar keinen Hunger mehr! Willst Du vielleicht ein Sandwich?

FLORIAN: Da würde ich nicht nein sagen, Du weißt, ich habe noch nicht gefrühstückt.

LORENZ: Bedien' Dich ruhig!

FLORIAN: Danke! *[nimmt ein Sandwich aus dem Sackerl]* Mach' Dir keine Mühe, ich habe Dich durchschaut! Du wolltest nur einen Grund haben, beim Abteil der Schauspieler nebenan vorbeizugehen.

LORENZ: Woher weißt DU, dass sie nebenan ...?

FLORIAN: Ein Vogerl hat es mir gezwitschert.

LORENZ: Was denkst Du eigentlich von mir? Dass ich vielleicht wie die Katze um den heißen Brei schleiche und solange vor deren Abteil auf und ab gehe, bis sie mich endlich einladen, dass ich mich zu ihnen setze?

FLORIAN: Na, beruhige Dich doch! - In der Ruhe liegt schließlich die Kraft!

LORENZ *[leicht verärgert]*: Du hast die Weisheit wohl auch mit dem Löffel gefressen. Am besten redest Du nur noch in klassischen Zitaten - DAS wirkt ja immer! Besonders bei Frauen, habe ich mir sagen lassen.

FLORIAN: Dem Tauberhelli hat es jedenfalls gefallen. Er hat es positiv hervorgehoben.

LORENZ *[spottend]*: Dem Tauberhelli, sicherlich, na klar, wem sonst! Verspotte mich nur!

FLORIAN: Er hat es mir gerade vor ein paar Minuten höchstpersönlich gesagt, gerade, als Du im Speisewagen gewesen bist.

LORENZ: Ja, ja. Sicher. Sonst ist alles in Ordnung mit Dir? Keine größeren Beschwerden? Du brauchst wirklich nicht versuchen, Dich auf meine Kosten lustig zu machen.

FLORIAN: Aber - er war wirklich da.

LORENZ: Gewiss doch. Und den Osterhasen gibt es auch. Und der Storch bringt die Kinder und außerdem: Die Erde ist ein Scheibe! - Sicher!

FLORIAN: Wer einmal lügt, dem glaubt man anscheinend wirklich nicht.

LORENZ: Jetzt halt endlich einmal Deine Zitatenschleuder und sei ruhig!

FLORIAN: Ich denke gar nicht daran. Für mich gilt nun einmal nicht: Reden ist Silber, Schweigen ist Gold, sondern ich vertraue eher einem Satz aus der Schillerschen Glocke: „Wenn gute Reden sie begleiten, dann fließt die Arbeit munter fort."

LORENZ: Noch EIN Wort und ich -

FLORIAN: Und Du tust was?

LORENZ: Ich habe immer geglaubt, Du bist ein wahrer Freund, aber sich jetzt, in einem kritischen Moment in meinem Leben, so über mich lustig zu machen, das ist nicht schön von Dir. Ich muss sagen, ich bin enttäuscht.

FLORIAN: Aber Tauberhelli war wirklich und leibhaftig ...

LORENZ: Lass - mich - in – Ru-he!

FLORIAN: Bitte! Requiescat in pacem! - Er möge in Frieden ruhen!

LORENZ: Noch EIN Zitat ...

FLORIAN: Noch eines? *[Lorenz ballt die Fäuste und hält sich nur mit Mühe zurück]* Wenn Dir übrigens meine Gesellschaft nicht passt, Du kannst ja gerne gehen. Irgendwo wirst Du schon noch ein Platzerl finden.

LORENZ: [aufgebracht]Platzerl! Bin ich ein Hund?

FLORIAN *[betrachtet ihn von der Seite]*: Nein! Eigentlich nicht, es heißt ja, der Hund ist der beste Freund des Menschen ...

LORENZ: Grrrrrrrr!

FLORIAN: Knurr´ nicht so!

Florian nimmt die Zeitung zur Hand und liest, Lorenz sieht schmollend vor sich hin.

Von rechts kommt Beinhold ins Abteil der Schauspieler (Lang etc.).

BEINHOLD: Hallo! Hier seit ihr also! Und ich mache mir die längste Zeit Sorgen, dass ihr vielleicht den Zug versäumt habt, weil ich in Wiener Neustadt keinen von euch gesehen habe. Ich bin schon richtig nervös geworden.

LANG: Ach, Du lieber Himmel. Entschuldige! Ich habe ganz vergessen, dass Du ja erst später zusteigen wolltest. Kannst Du mir noch einmal verzeihen?

BEINHOLD: Na, ich werde noch einmal ein Auge zudrücken.

HACK *[legt seine Hand schützend vor seine Augen]*: Aber bitte keines von meinen. Nimm ein eigenes!

BEINHOLD: Gut, ich werde mein Hühnerauge nehmen, das ich von der Rennerei jetzt bekommen habe, während ich euch gesucht habe.

SCHRANK: Wo hast Du denn Dein Gepäck gelassen?

BEINHOLD: Du, ich sitze ganz alleine ein paar Waggons weiter hinten in einem Sechserabteil. Dort sitzt auch mein Gepäck.

SCHRANK: *[packt seine Sachen zusammen und steht auf]*: Du bist alleine gesessen! Ich komm' mit! Ciao!

BEINHOLD: Bis später! Ihr könnt uns nach der Grenze einmal zu einen Espresso im Speisewagen abholen, wenn ihr Lust habt?!

LANG: Machen wir!

HACK: Ciao, bella! *[zu Schrank]* Ciao, alter Schürzenjäger!

SCHRANK *[macht drohende Geste zu Hack]*: Du!

Im mittleren Abteil:

FLORIAN *[liest Lorenz laut vor]*: „Hahn krähte um 5 Uhr morgens - Bauer zu Geldstrafe verurteilt!" - Sachen gibt es!

Lorenz blickt zu Florian, dieser schaut zurück, Lorenz wendet sich mit beleidigter Miene schnell wieder ab.

FLORIAN *[zu sich]*: Na warte! *[singt]* Da streiten sich die Leut' herum, wohl um den Wert des Glücks ... *[zu Lorenz]* Das ist aus dem Verschwender, von Raimund. Ferdinand Raimund.

LORENZ: Pffff!

Der Schaffner tritt ins Abteil der Schauspieler rechts.

SCHAFFNER: Meine Herrschaften, ich darf Sie darauf aufmerksam machen, dieses Abteil ist reserviert. Wenn Sie es bitte spätestens in Bruck an der Mur räumen würden?!

OTTO: Ach geh, warum sagt einem denn das keiner?

SCHAFFNER: Es steht hier an der Tür.

FRITZ: Och, wer schaut denn auch dort hinauf?

SCHAFFNER: Leider ...

TAUBERHELLI: O.K., wir räumen das Feld.

Die drei packen ihre Sachen zusammen und gehen hinter dem Schaffner zum Abteil von Hack und Lang. Lorenz sieht schmollend zum Fenster hinaus und bemerkt dies alles nicht, Florian sieht kurz auf - Tauberhelli macht Geste: Was soll man machen?.

SCHAFFNER: Wenn Sie nur ein paar Abteile weitergehen, dort sind genug Plätze frei!

TAUBERHELLI: Vielen Dank, aber ich glaube, wir bleiben gleich hier *[deutet in Abteil von Hack]*

SCHAFFNER: Wie Sie meinen! *[geht weiter]*

TAUBERHELLI *[öffnet die Tür]*: Ist hier noch was frei? - Für drei Vertriebene? Unser Abteil ist ab Bruck reserviert.

LANG: Natürlich! Nur herein in die gute Stube! *[er räumt einige Sachen, die auf den freien Plätzen lagen, in die Gepäckablage; die drei treten in das Abteil, wobei Tauberhelli Otto galant den Vortritt lässt]*

FLORIAN *[liest noch immer in seiner Zeitung]*: „Ehefrau am Grenzübergang vergessen!" - *[sieht zu Lorenz]* Glücklich ist, wer vergisst ... - Strauß, Fledermaus.

Lorenz verdreht die Augen. Florian blättert weiter in der Zeitung.

FLORIAN: Was war denn noch so los in der Welt? - Ah: „Meyers Erstlingswerk bei Wiener Premiere heftig umjubelt!" *[mit Blick zu Lorenz]* Welch Schauspiel, aber ach, ein Schauspiel nur! - Goethe.

Lorenz macht abfällige Geste...

FLORIAN: Faust.

LORENZ: Pfh!

FLORIAN: 1. Teil.

LORENZ: Hrrg.

FLORIAN: Sag einmal, redest Du überhaupt nicht mehr mit mir? Nur weil ich ein paar Worte mit Tauberhelli gewechselt habe?

LORENZ *[leicht pikiert]*: Tut mir leid, ich kann mich nicht so „gewählt" ausdrücken wie manch andere und Lügen sind auch nicht meine Sache. Ich habe also im Moment nicht wirklich etwas zu sagen, das überlasse ich hiermit anderen.

FLORIAN: Wenn Du eine Frau wärst, würde ich sagen: „Dumme Gans", so muss ich wohl sagen: „Blöder Esel!" Es läuft sich aber doch auf dasselbe hinaus! Aber bitte: Wem nicht zu raten ist, dem ist auch nicht zu helfen. - Volkes Mund zur Abwechslung einmal. *[er vertieft sich wieder in die Zeitung]*

Nach einiger Zeit kommt Tauberhelli in ihr Abteil.

TAUBERHELLI: Verzeihung, habe ich hier *[bemerkt Lorenz]* - oh „Grüß Gott!" - *[wieder zu Florian]* meine Zeitung liegen gelassen?

Lorenz schaut Tauberhelli sprachlos, mit offenem Mund und völlig entgeistert an. Florian sieht sich in Abteil um.

FLORIAN: Nein, ich glaube nicht. Hier ist nur unsere, aber wenn Sie wollen, können Sie sie gerne mitnehmen, ich habe sie schon durchgelesen. Oder *[zu Lorenz]* brauchst Du sie noch, Du hast sie ja eigentlich gekauft? *[Lorenz schüttelt mit aufgerissenen Augen wie im Schock langsam den Kopf]*

TAUBERHELLI: Aber, nein, das ist mir jetzt, ja, das ist mir jetzt sehr peinlich, aber ich weiß wirklich nicht, wohin meine verschwunden ist. *[nimmt Zeitung]* Brauchen Sie sie bestimmt nicht?

FLORIAN: Aber nein, nehmen Sie nur!

TAUBERHELLI: Danke, ich bringe sie dann bald wieder retour!

FLORIAN: Lassen Sie nur!

TAUBERHELLI: Vielen Dank! *[geht in sein Abteil zurück]*.

FLORIAN: Naaaaaaaa? Habe ich es Dir nicht gesagt? Tauberhelli, der große Tauberhelli, hat mich wirklich schon einmal besucht heute.

LORENZ *[aufgeregt]*: Und? Was hat er gesagt? *[er rückt näher zu Florian] Was habt ihr geredet? Wie ist er so? Hast du ihm von mir erzählt? Hat er von seiner Arbeit erzählt? Weißt du was über sein Projekt? Wer fährt mit ihm?*

FLORIAN: Halleluja! Pater Lorenzo hat sein Schweigegelübde gebrochen! Er hat seine Sprache wieder! *[singt]* Glory - glory - halleluja ...

LORENZ: Jetzt spiel′ Dich nicht so auf. Ich war halt ein bisserl beleidigt, weil Du Dich quasi über mich lustig gemacht hast.

FLORIAN *[aufbrausend]*: Ich hab′ nicht ...

LORENZ: Weil ich geglaubt habe, Du willst Dich über mich lustig machen, muss ich wohl sagen. Aber, jetzt erzähle doch, wie hast Du das geschafft, dass der Tauberhelli, DER Tauberhelli, mit Dir gesprochen hat? Was hat er gesagt? Ist er eingebildet? Hat er gesagt, in welchem Hotel er wohnen wird? Wie wird sein Film heißen? Ist er verheiratet?

FLORIAN: Jetzt reicht es aber! Woher soll ich denn wissen, ob er verheiratet ist? Das interessiert mich auch überhaupt nicht. Wirklich, - ü-berhaupt nicht! Aber ich wußte überhaupt und gar nicht, dass DU ...

LORENZ: Ach geh´!

FLORIAN: Aber, um auf Deine anderen Fragen zurückzukommen, ich habe nicht mit ihm, sondern er hat mit mir gesprochen, das ist ein enormer Unterschied.

LORENZ: Nanana! Das ist doch wohl Jacke wie Hose - oder gehupft wie gesprungen, wie der Österreicher sagt.

FLORIAN: Nein, ganz und gar nicht! Wenn ICH mit IHM gesprochen hätte, wäre ich auf ihn zugegangen und erstens hätte ICH das Gespräch begonnen, zweitens hätte ICH das Gesprächsthema genannt und drittens hätte ICH den - wie es so schön heißt - Hauptgesprächsteil verbucht. All dies hat aber nicht zugetroffen, ergo ...

LORENZ: Man merkt, Du studierst Germanistik! Aber nun sag´ doch endlich, was habt ihr - MITEINANDER - gesprochen?

FLORIAN: Über was haben wir geredet? Lass mich nachdenken, ich glaube, über die schlechte Luft, das Rauchen, - ja, richtig, das Rauchen und so weiter - nur ganz Belangloses, ich weiß gar nicht mehr…

LORENZ: Be-lang-lo-ses? Belangloses sagst Du? Du redest mit dem einzigartigen Tauberhelli und weißt nach einer Viertelstunde nicht mehr, worüber? So etwas vergisst man doch nicht so schnell.

FLORIAN: Ich merke mir halt vor allem wichtigere Dinge; - Lebensnotwendiges sozusagen.

LORENZ: Willst Du etwa behaupten, ein Gespräch mit Tauberhelli ist nicht wichtig? Mein Gott, wäre ich bloß hier gewesen. *[greift sich an den Kopf]* Mein Leben *[dramatisch]* könnte sich durch dieses Gespräch verändert haben.

FLORIAN: Quatsch! Sieh doch mich an, ich habe mich nicht die Spur verändert! Ich bin noch ganz der Alte!

LORENZ: Ja Du! Du - Du Sonntagskind! Es trifft immer die Falschen, ich sage es ja immer. Ich zerbreche mir seit Jahr und Tag den Kopf darüber, wie ich - ganz harmlos und unauffällig - mit Tauberhelli oder irgendjemanden vom Film ins Gespräch kommen könnte, und während ich so überlege und grüble - spaziert Tauberhelli in Dein Abteil und redet ganz einfach mit Dir! Und Du? Du machst Dir scheinbar gar nichts daraus! Sitzt hier, als ob nichts passiert wäre; sagst mir nicht einmal, dass er hier war.

FLORIAN: Also erstens, Tauberhelli hat mit mir geredet, während Du Deine niedrigsten Bedürfnisse befriedigt hast - also im Speisewagen gewesen bist, und nicht, während Du in Deiner stillen Kemenate in Dich gekehrt warst und zweitens:

Ich HABE es Dir gesagt. Klar und deutlich, aber - wer nicht hören will ... Und selbst, wenn ich es NICHT gesagt hätte, man kann doch auch einmal etwas vergessen. „Nobody ist perfect!", wie es so schön auf Neudeutsch heißt.

LORENZ: Vergessen! So etwas vergisst man nicht! Jetzt verrate mir aber bitte endlich, WAS er gesagt hat, Du - Glückskind.

FLORIAN: Du weißt, wie ich über Glück denke: Ich finde, Glück muss man ermöglichen, das kommt nicht so von alleine.

LORENZ: Ach?

FLORIAN: Du kennst doch sicherlich den uralten Witz: Geht ein Mann, ein schon etwas älterer Mann - aber das tut eigentlich nix zur Sache - jeden Sonntag in die Kirche und sagt: „Lieber Gott, bitte lass mich heute in der Lotterie gewinnen!" - So geht das Woche für Woche. Jeden Sonntag: „Lass mich doch EINMAL in der Lotterie gewinnen!" - Monatelang. Jahrelang. Und von Woche zu Woche wird er enttäuschter und gleichzeitig wird er immer böser: „Verdammt noch einmal, warum lässt Du mich NIE bei dieser verflixten Lotterie gewinnen?" - Da wurde es selbst dem lieben Gott eines Tages zu viel und er ließ seine mächtige Stimme erschallen, dass die ganze Kirche erbebte: „Mein Sohn, Du klagst mich Sonntag für Sonntag an, dass ich Dich nie gewinnen lasse.

Gib mir doch auch einmal eine Chance: KAUF DIR EIN LOS!"

LORENZ: [bleibt ernst] Haha, ja sehr witzig. - Deine Geschichten in allen Ehren, aber ...

FLORIAN: Ich will damit nur sagen, dass man dem Glück eine Chance geben muss. Wenn Du nie ins Casino gehst, kannst Du zum Beispiel nie das Glück haben, den Jackpot zu knacken. Wenn Du nie irgendwo vorsingst, wirst Du kaum das Glück haben, dass Du irgendwo als Sänger engagiert wirst. Wenn Du keine Aktien besitzt, wirst Du nie das Glück haben, an der Börse Gewinne zu machen. Wenn Du ...

LORENZ: Genug! Ich glaube, WENN DU nicht bald aufhörst, dann passiert etwas! Ich habe verstanden, was Du sagen wolltest. Jetzt verrate mir nur eines: Warum hast Du die Gunst der Stunde nicht genützt und ihn - Tauberhelli - gefragt, ob wir bei seinem Projekt mitarbeiten können? Vielleicht sucht er ja noch den einen oder anderen „Mitarbeiter".

FLORIAN: Bin ich wahnsinnig? Bist Du wirklich so naiv zu glauben, ich sage: „Großer Meister des Schauspiels, wir haben zwar keine Erfahrung, würden aber trotzdem, weil wir Sie zufällig getroffen haben, sehr gerne mit ihnen arbeiten. - Welche Referenzen hätte ich ihm nennen können? Hätte ich vielleicht sagen sollen: Wir waren schon in vielen Theater- und

Opernhäusern! Kleiner Nebensatz: ... als Zuseher?! - Wir besitzen wunderbare Stimmen? *[singt]* la-la-la-la. Wir können unzählige Zungenbrecher fast fehlerfrei sprechen: ´Fischers Fritze frischt frische Flische´ (!) - oder so ... und mein Kollege war an einer Schauspielschule - zur Aufnahmsprüfung. Er ist zwar, wie es so kriegerisch heißt, mit Bomben und Granaten durchgefallen, aber immerhin: er „hat es probiert"!? Nein, nein, mein Freund, zu so einer „Offensive" gehört mehr als die unendlich große Liebe zu diesem Milieu! - Leider! Wir müssen uns - traurig, aber wahr - auf unserer, respektive MEIN Glück verlassen. Glaube mir: Allzuviel ist ungesund!

[längeres Schweigen]

LORENZ: Aber es heißt doch auch: Nur wer wagt, gewinnt! - Ich werde ab jetzt mein Leben fest in die eigene Hand, was sage ich, in beide Hände nehmen! Wie spät ist es?

FLORIAN: Neun Uhr vierzig!

LORENZ *[mit Pathos]*: Neun Uhr vierzig, Donnerstag, der dreiundzwanzigste Oktober - ein Wendepunkt in meinem Leben! *[Er schüttelt Florian die Hand]* Ich danke Dir! *[Er steht auf und geht zur Tür]*

FLORIAN: Wo willst Du hin?

LORENZ: Ich gehe zu Tauberhelli. Ich sage, wer und was ich bin und ob ich nicht bei seinem Projekt mitspielen darf. Vielleicht habe ich ja das „Glück" und er sagt „Ja"?!. Was kann ich schon verlieren? Mehr als Nein-Sagen und mich aus seinem Abteil werfen kann er mich ja auch nicht.

Lorenz geht nach rechts.

Durchsage des Zugführers:

„Meine Damen und Herren! Werte Fahrgäste! Aufgrund einer Routinekontrolle der österreichischen Polizei ersuchen wir Sie, auf Ihren Plätzen zu bleiben und ein Ausweisdokument bereit zu halten. Wir danken für Ihr Verständnis. - Hiermit verabschiedet sich das Personal der Österreichischen Bundesbahnen. Wir wünschen eine angenehme Weiterreise nach Italien und hoffen, Sie auch in Zukunft zu unseren Gästen zählen zu dürfen. Gute und sichere Reise!

Ladies and gentlemen! Due to a routine check by the Austrian Police, we ask you to remain in your seats, please have an ID ready. Thank you for your appreciation. -The staff oft the Austrian Federal Railways hereby says goodbye to you and wishes you a pleasant onward journey to Italy. We hope tob e able to count you among our guests again in the future. Have a nice and save trip!

Lorenz kommt enttäuscht wieder zurück und setzt sich in sein Abteil.

LORENZ: Soviel zum Thema: Ich und das Glück, das Glück und ich!

FLORIAN: Geduld! Nur Geduld! Kommt Zeit, kommt Rat!

Der Zug fährt in einen Tunnel. Es wird dunkel.

LORENZ: Na brav! Das passt, jetzt ist es auch noch stockfinster! Florian, Du erhältst soeben einen Einblick in meine Seele! Finster wie die Nacht!

FLORIAN: Unsinn! Du redest manchmal aber auch ein dummes Zeug! Schau doch nach vorne: Da, *[singt]* ich seh´ den Lichtschein am Ende des Tunnels ... - Das ist aus Starlight Express, aber das wird Dich sicherlich nicht interessieren, wie ich Dich kenne ...?

LORENZ *[zynisch]*: Wie gut Du mich doch kennst!

3. AKT

In den Abteilen

[längeres Schweigen; nach einiger Zeit wird es wieder schlagartig hell, Florian reibt sich die Augen und Lorenz springt auf]

LORENZ: Gut, ich werde meine Zukunft selbst in die Hand nehmen und in die Offensive gehen. *[mit Pathos]* Adieu, mein treuer Gefährte!

Er steht auf und geht aus dem Abteil nach rechts.

FLORIAN: Natürlich! Frisch gewagt, ist halb gewonnen!

LORENZ *[richtet sich am Gang selbstbewusst auf]*: Wäre doch gelacht, wenn man mit Natürlichkeit nicht am weitesten kommen würde. - Was weiß Florian denn schon vom wahren Künstlertum? DER wird noch einmal an seinen klugen Aussprüchen, Sprichwörtern, Zitaten und - was weiß denn ich - ersticken.

LORENZ *[geht zum Abteil der Schauspieler und öffnet die Tür]*: Verzeihung, ist hier noch ein Platz frei?

Die Schauspieler machen in der Folge Gesichter, als ob sie ihn nicht verstehen würden.

FRITZ: Hm?

LANG: Äh?

LORENZ: Ist hier frei? *[Er deutet auf den einen freien Platz; die Schauspieler schauen ganz verdutzt*

*und wenden sich bald von ihm ab, ignorieren
ihn]*

HACK: Lasset uns des flüchtgen Tags genießen *[deutet
aus dem Fenster]*, gilt´s vielleicht doch, morgen
schon zu sterben. - A. von Camisso.

LORENZ *[tippt Tauberhelli, der an der Tür sitzt, auf die
Schulter]*: Is this seat free?

*Tauberhelli schaut ihn entgeistert an und wendet sich
gleich wieder ab.*

LORENZ *[nervös zu Lang, der auch bei der Tür sitzt]*: Ist
dieser Platz neben Ihnen noch frei?

Lang sieht ihn lange an.

Fritz *[sieht Lorenz an]*: Ich kann den Blick nicht von euch
wenden, ich muss euch anschaun immerdar. -
Freilingrath.

OTTO *[blickt ebenfalls Lorenz an]*: Tatsächlich! Dies
Bildnis ist bezaubernd schön! - Schikaneder.

TAUBERHELLI *[nimmt Lorenz bei der Hand und setzt ihn
auf den freien Platz]*: Bleibe bei uns, denn es will
Abend werden, und der Tag hat sich geneiget. -
Lukas 24,29.

LORENZ: Vielen Dank! *[Er sieht beängstigt um sich und
bemerkt plötzlich, dass er auf einem Buch sitzt.]*
Verzeihung, wem von den Herrschaften gehört
dieses Buch? *[niemand reagiert, Lorenz zuckt
mit den Achseln]* Eigenartig! *[Er fuchtelt mit*

dem Buch vor Otto herum] Hallo! Ist das Ihr Buch?

OTTO *[leicht pikiert zu Fritz]*: Tja, allein sein ist besser als in schlechter Gesellschaft! - Sprichwort.

FRITZ: Gesellschaft braucht der Tor, und Einsamkeit der Weise. - Rückert.

TAUBERHELLI: Besser ein weiser Tor als ein törichter Weiser! - Shakespeare.

OTTO: Langbehn: Nicht aufzufallen ist das erste Gesetz des guten Tones.

FRITZ: Wie man in den Wald hineinruft, ...

LORENZ *[entrüstet]*: Aber ich bitte Sie, ich bin doch nicht unfreundlich gewesen, oder? *[zu Lang]* Darf ich <u>Ihnen</u> das Buch geben - es dürfte wohl Ihnen gehören, richtig?

LANG *[lehnt Buch ab]*: Eine allzu reiche Gabe lockt Bettler herbei, anstatt sie abzufertigen.

- Geheimrat Goethe.

LORENZ: Also, das ist jetzt aber ...!

TAUBERHELLI: Wer sich viel über Undankbarkeit beschwert ist ein Taugenichts, der niemals aus Menschlichkeit, sondern aus Eigennutz anderen gedient hat. Kleist - nicht Heinrich, sondern Christian Ewald - von Kleist.

LORENZ *[wütend]*: Also, was soll dieses Kasperltheater? *[Niemand reagiert.]* Können wir nicht miteinander wie normale erwachsene, vernünftige Menschen umgehen? Oder sprechen Sie nicht Deutsch? - Sind Sie *[laut]* schwerhörig? *[Keine Reaktion.]* Hallo! *[Er wird immer verzweifelter.]* Also, sagen Sie mir jetzt, was wird hier gespielt? Bin ich in einem schlechten Film? *[Niemand reagiert, es folgt längeres Schweigen.]*

LANG *[zu Hack]*: Karlheinz?

HACK: Ja?

LANG: Lukas 15,23?

HACK: Lasset uns essen und fröhlich sein?

Lang nickt.

HACK: Eichendorff: Das Trinken ist gescheiter, das schmeckt schon nach Idee, da braucht man keine Leiter, das geht gleich in die Höh´.

Hack und Lang stehen auf, nehmen ihre Geldtaschen aus der Tasche bzw. aus dem Mantel und gehen nach links, NICHT in Richtung Speisewagen.

LANG *[singt, mit Geldtasche in der Hand]*: Nur wer im Wohlstand lebt, lebt angenehm! - Brecht, Dreigroschenoper.

LORENZ: Verzeihung meine Herren, wenn Sie zum Speisewagen wollen, der ist in der anderen

Richtung. *[Niemand reagiert, Hack und Lang gehen ab.]* Aber, ich war doch schon ...- Ach, wissen Sie was, lecken Sie mich doch im A...

OTTO, TAUBERHELLI, FRITZ *[sehen gleichzeitig auf]*: Goethe, Götzzitat!

LORENZ *[erschreckt]*: Pardon, meine Herrschaften, ich hab´ das nicht ... es ist mir nur so ... gewissermaßen ... herausgerutscht.

TAUBERHELLI: Die Kunst bleibt Kunst! Wer sie nicht durchdacht, der darf sich keinen Künstler nennen - auch Johann Wolfgang von.

LORENZ: Ich verstehe nicht ganz, ... verzeihen Sie, ich habe es wirklich nicht so gemeint vorhin.

Die Schauspieler setzen sich wieder in das Abteil, nehmen keinerlei Notiz von ihm.

LORENZ: *[verzweifelt]* So glauben Sie mir doch, wenn ich eben gesagt habe, Sie können mich im ... *[Schauspieler blicken auf]* lecken - so war das nur ein dummes ...

FRITZ *[unterbricht]*: O, wie verderbt sind heutzutag´ die Sitten! - August von Platen.

OTTO *[beschwichtigend]*: Die Sitten wechseln mit der Zeit! - Christoph Martin Wieland.

LORENZ *[zu Otto]*: So verstehen SIE mich doch!

Die Schauspieler wenden sich wieder von Lorenz ab und sehen zum Fenster hinaus, lesen in der Zeitung usw.

LORENZ: Ja, was ... also, ich verstehe die Welt nicht mehr. Ich bitte Sie, ja, ich flehe Sie gewissermaßen an, nehmen Sie meine Entschuldigung doch um Himmels Willen an! *[Er sieht die Schauspieler verzweifelt der Reihe nach an.]*

FRITZ *[macht es sich in seinem Sitz bequem]*: Sei mir willkommen lieber Schlaf, ich bin zufrieden, weil ich brav! - Wilhelm Busch. *[schließt die Augen]*

LORENZ *[zu Otto]*:: Gnädige Frau, könnten wir dieses - für Sie alle anscheinend gar so lustige - Spiel jetzt langsam zu einem Ende bringen? Ich wage zu behaupten, ja, ich bin sogar überzeugt davon, dass ich ein durchaus humorvoller Mensch bin. Ich habe auch ein großes Verständnis für einen Scherz hie und da, aber - man muss auch wissen, wann man damit an gewisse Grenzen stößt. *[niemand reagiert]*

TAUBERHELLI *[zu Otto, während er auf Fritz deutet]*: Den Seinen gibt´s der Herr im Schlafe! - nach Psalm 127,2.

OTTO: Aber Geben ist seliger denn Nehmen. - Apostel 20,35.

LORENZ: Ich glaube, Sie haben mir nicht zugehört ... *[grantig]* Wissen Sie was? Wenn Sie ungestört Ihr dummes Spiel hier weiterspielen wollen, bitte! Sie müssen es nur sagen! Wenn ich vielleicht Ihre Kreise störe oder Ihnen gar zu viel

Platz wegnehme, bitte! Ich kann mich ja in einem anderen Abteil niederlassen, aber - Sie müssen mir zumindest sagen, <u>was</u> Sie stört. Gedanken lesen kann ich nämlich nicht. *[Niemand beachtet ihn.]* Wie? Sie sprechen nicht mit Fremden? *[patzig]* Hat die Mutti immer gesagt: ´Sei schön brav und sprich nie mit fremden Herren?´ - Pah!

TAUBERHELLI *[legt die Zeitung weg]*: Mehr Inhalt, weniger Kunst! - Shakespeare.

OTTO: Da schweigt des Sängers Höflichkeit! - Schiller.

LORENZ: Also jetzt platzt mir endgültig der Kragen. Zum letzten Mal: WAS SOLL DAS? Sie schleudern hier mit antiquierten Redensarten um sich, dass es nur so staubt. - Sagen Sie, sind Sie vielleicht aus einem vergangenen Jahrhundert übriggeblieben? Als Relikte aus dunkelgrauer Vorzeit gewissermaßen? *[keine Antwort]* Ich weiß zwar nicht, was Sie sind, ich weiß aber mit Gewissheit, was Sie NICHT sind: höflich! Auf Wiedersehen! *[steht auf]*

TAUBERHELLI: *[milde]* Wo willst Du, kühner Fremdling hin? - Schikaneder/Mozart.

LORENZ *[aufgebracht]*: Duzen Sie mich gefälligst nicht. Und wohin ich gehe, geht Sie einen - *[zwingt sich zur Ruhe]* geht Sie gar nichts an! Adieu!

Lorenz geht aus dem Abteil und schmettert die Tür zu. Tauberhelli und Otto sehen sich fragend an und zucken mit den Achseln.

LORENZ *[schnappt am Gang nach Luft]*: Die sind doch alle völlig verrückt. SO benimmt sich doch kein halbwegs vernünftiger Mensch. - Die Welt hat also doch recht, wenn sie die Künstler für ein eigenes Völkchen hält. Ein Leben als Künstler verändert einen Menschen offenbar wirklich! Und nicht zum Guten, wie man an denen *[deutet ins Abteil der Schauspieler]* sieht! Aber, das hätte ich nie für möglich gehalten, dass man sich SO *[tippt sich an die Stirne]* verändert. Nicht gerade ein Wandel zum Besten! Diese Leute dürfte man ja nicht ohne ärztliche Aufsicht unter Menschen schicken. Wenn ich nicht so einen stabilen Charakter hätte - wenn ich gewissermaßen so etwas wie einen labilen Geisteszustand hätte, ich könnte es mit der Angst zu tun bekommen! Alleine in einem Abteil mit lauter ... „Menschen", die offensichtlich untereinander nur in Zitaten und zu mir bzw. mit mir gar nicht sprechen. *[spottend:]* ´Mehr Inhalt, weniger Kunst!´ - Pah! Der glaubt wohl, seine Rolle im „gewöhnlichen" Leben weiterspielen zu müssen! Einem normalen Menschen fällt zwar auch so einiges ein, wenn er die Zeitung liest, aber sicherlich nicht: ´Mehr Inhalt, weniger Kunst!´ ... *Er blickt verständnislos, geht immer wieder etwas zurück und beobachtet die Schauspieler, schüttelt dann bedenklich den Kopf.*

[plötzlich bleibt er erstarrt stehen, die Augen weit aufgerissen] Moooooo-ment! Vielleicht sind das gar keine Schauspieler oder Regisseure, sondern Verrückte, die aus der geschlossenen Anstalt fliehen konnten. *[schaut vorsichtig in das Abteil]* Nein, nein. Vier, nein insgesamt sechs Doppelgänger auf einem Fleck, so einen Zufall gibt es nicht! --- Zufall? Na klar! FLORIAN wird mir das sicherlich erklären können, mein Zufallsexperte! *Lorenz stürzt in sein Abteil zurück, in dem Florian gerade seine Jause verzehrt.*

LORENZ: Florian, Du MUSST mir helfen! Da drüben *[er deutet nach nebenan]* geht es nicht mit rechten Dingen zu. Ich habe mich ganz normal ...

FLORIAN *[lächelt Lorenz freundlich an]*: Essen und Trinken halten Leib und Seele zusammen!

LORENZ *[stutzt kurz, fasst sich wieder]*: Ja! Äh ... Mahlzeit! Lass es Dir ruhig schmecken. - Aber, um weiter zu erzählen, ich habe mich wie ein normaler Fahrgast, ein betont freundlicher Fahrgast noch dazu, benommen und habe mich erkundigt, ob noch ein Platz frei sei ...

FLORIAN *[hebt Limonadeflasche]*: Ein Pro-sit, ein Pro-o-sit der Gemüt-lich-keit!

LORENZ *[verwirrt]*: Willst Du jetzt meine Geschichte hören, oder nicht?

Florian reagiert nicht und spielt mit der Limonaden-flasche. Dreht sie wie beim Flaschendrehen und lacht dabei etwas debil.

LORENZ: Tja, wohl eher nicht. Das muss wohl ansteckend sein - oder - habe ich vielleicht eine Tarnkappe auf? Existiere ich gar nicht? *[Er zwickt sich in den Arm]* Au! Na, auf jeden Fall schlafe ich nicht. Aber, sollte ich tatsächlich unsichtbar sein? *[überlegt]* Tja, ich werde einfach die Probe aufs Exempel machen. *[Er setzt sich auf den Schoß von Florian, Florian springt auf, Lorenz fällt auf den Boden]*

FLORIAN: Stört meine Kreise nicht! - Archimedes.

LORENZ: Gottseidank! Ich BIN! Ich weiß zwar im Moment nicht genau, was, aber ich bin! Wie spät ist es eigentlich schon? Was? *[er blickt auf seine Uhr]* So früh erst?

FLORIAN *[zeigt auf Lorenz´ Uhr]*: Eins, zwei, drei! Im Sauseschritt läuft die Zeit, wir laufen mit. - Wilhelm Busch.

LORENZ *[erschreckt]*: Du lieber Himmel! Der benimmt sich ja genauso wie die anderen Verrückten da nebenan, das darf doch nicht wahr sein. Ich bin zwar von ihm gewöhnt, dass er oft - zu oft, wie ich wohl meine - ein geflügeltes Wort in seine Gespräche einfließen lässt, aber das hier ist wohl nicht mehr ganz normal. *[Er lässt sich in seinen Sitz fallen und wischt sich den Schweiß von der Stirne]* Jetzt nur nicht den Kopf verlieren, ganz ruhig bleiben. Ich *[er springt auf]* ... Halt! Sollte vielleicht ... *[er setzt sich wieder]* Nein, das *[springt auf]* ... das wäre ja ... *[setzt sich]* Unmöglich! - Aber ...*[steht auf]* So etwas kann es doch wohl nicht geben ... *[setzt sich]* Ach, ich weiß gar nicht mehr *[springt auf]*, was ich denken soll ... *[setzt sich wieder]*

FLORIAN *[schüttelt den Kopf]*: Unruhe ist der ärgste Dämon im Leben. - Auerbach.

LORENZ *[geht zu Florian, fasst ihn bei den Schultern und schüttelt ihn]*: Schau mich an! Und jetzt sag´ mir, das ist nicht wahr, das ist ALLES NICHT WAHR! *[Florian blickt verständnislos]* Bitte ... - bitte! *[sinkt verzweifelt auf die Knie]*

FLORIAN *[gütig]*: Mein Freund, ...

LORENZ *[erleichtert, Hoffnung schöpfend]*: Ja, Flori?

FLORIAN: Strebe nach Ruhe, aber durch das Gleichgewicht, nicht durch den Stillstand deiner Tätigkeit.

LORENZ *[springt wütend auf]*: Goethe, Schnitzler, Schopenhauer? Wer war´s diesmal?

FLORIAN: Schiller, Friedrich Schiller.

LORENZ: Jetzt reicht´s! *[er geht aus dem Abteil, dreht sich zu Florian um]* Achtung, ich zitiere: Was zuviel ist, ist genug! - Karl Farkas, pah! *[Er geht auf den Gang]* Mir schwant Übles! Ich habe zwar keine Ahnung, wie so etwas möglich ist, ... - möglicherweise haben diese „Schauspieler" und dieser Tauberhelli gerade gemeinsam ein Theaterstück geprobt und dann hat sich vielleicht vom Schnürboden ein Stück Dekoration gelöst und seitdem sind alle leicht - beklopft *[er schlägt sich mit der Hand auf seinen Hinterkopf]*. Man kann ja immer wieder lesen, dass Leute sich für jemand anderen halten, nachdem sie - im wahrsten Sinne des Wortes - auf den Kopf gefallen sind. Unsere Irrenhäuser sind ja voll mit Napoleons, Albert Einsteins und selbst im täglichen Leben trifft man immer wieder Menschen, die sich für jemanden anderen halten: Ich persönlich kenne da ja auch einige Elvise, Christoph Kolumbusse usw. Aber das hier ist etwas sonderbar. -- Vielleicht reden die Schauspieler seit ihrem Unfall noch immer so, wie sie in ihrem Stück reden mussten? Sind sie in der Zeit steckengeblieben? -- Aber, in welchem Stück zitiert man Goethe, Nestroy, Busch und so weiter? Ich kenne kein einziges. - Nein, halt! Eines fällt mir da doch ein. - Aber nein, das haben sie sicher nicht geprobt, das spielt nämlich in einem Zug und da kann ja praktisch keine Dekoration von oben *[sieht nach oben]* herunterfallen. *[Mit lautem Krach fällt im Abteil der Schauspieler ein Koffer aus der Gepäckablage; alle - besonders Lorenz - erschrecken]* Äh? ... oder doch? *[Fritz ist erschrocken aufgewacht, schaut erstaunt um sich, während Tauberhelli den Koffer wieder nach oben gibt]* Es hilft alles nichts. Ich will schließlich meine Karriere vorantreiben ... Gut, vorantreiben ist etwas zuviel gesagt. Ich will sie einfach einmal in Schwung bringen, *[verzweifelt]* Sie endlich einmal beginnen. *[denkt nach]* ist demnach zu tun? - Ich muss als erstes mit diesen Leuten ins Gespräch kommen. Auch, wenn sie ein bisschen *[macht Handbewegung]* huschi sind. Oder gerade, WEIL sie es sind. Vielleicht kann ich gerade diesen Umstand oder sagen wir besser, Zustand ausnützen? *[Er geht in das Abteil der Schauspieler]* So, da bin ich wieder! *[Er setzt sich auf den gleichen Platz wie vorher].*

FRITZ *[grantig]*: Träum´ ich? Ist meine Auge trübe? Nebelt´s mir um´s Angesicht? - Schiller. Das war mir, ich muss gestehn, gar kein freudig Wiederseh´n! - Lortzing.

LORENZ: Was soll ich... ? ... Lortzing? *[zu sich]* Aha, das Unglück hat sich also in der Oper ereignet!

Man hört ein Klopfen.

OTTO: Klopfet an, so wird euch aufgetan. - Matthäus 7,7.

LORENZ: Oder in der Kirche? - *[mit steigendem Eifer]* Sicherlich, so und nicht anders muss es gewesen sein. *[zur Seite]* In einer Kirche oder Kapelle wurden Gedichte vorgetragen -

scheinbar hauptsächlich Schiller und Goethe - und es wurden Lieder aus Oper und Operette gesungen - deshalb Mozart und Lortzing -, Tauberhelli war als Regisseur dort, ganz klar ... und dann, dann ist es passiert. *[dramatisch]* Plötzlich hat sich ein Scheinwerfer von der Decke gelöst und ist auf die Künstler gefallen. Ein großer, ein sehr großer Scheinwerfer natürlich! Das sind ja bekanntlich die zwei größten Ängste von Schauspielern: den Text zu vergessen und von einem Scheinwerfer erschlagen zu werden. Das war es also.

[zweifelnd] ... Gedichte, Arien - in einer Kirche? Scheinwerfer in einer Kirche? - Vielleicht war es ja eine dieser ultramodernen Gotteshäuser! Oder es war kein Scheinwerfer, sondern eine dieser unzähligen Heiligenfiguren und Engerln, die in den Kirchen so herumstehen und - fliegen. Egal! Beklopft bleibt beklopft! *Er wendet sich an Tauberhelli.* Verzeihen Sie, wenn ich Sie so direkt anspreche, aber wäre es sehr unverschämt, wenn ich Sie um ein Autogramm mit einer kleinen Widmung bitten würde? Sie sind schließlich ein weltweit anerkannter Regisseur, berühmt für ihre einzigartigen *[zur Seite]* - in Zukunft wohl eher eigenartigen - Inszenierungen in Wien, Berlin, Köln, Mailand, Paris und so weiter! *[Tauberhelli starrt ihn verständnislos an]* Ach! Sie haben wohl keinen Stift zur Hand. Warten Sie. *[Er zieht einen Stift und seine Fahrkarte aus der Tasche]* Hier! Verewigen Sie sich einfach auf der Rückseite

der Fahrkarte. Dann weiß ich immer gleich, wann und wo ich die Ehre hatte, mit Ihnen zu sprechen. Äh, Sie kennenzulernen, wäre wohl richtiger. *[Er reicht Tauberhelli Stift und Karte, Tauberhelli schreibt etwas und gibt Lorenz dann beides wieder zurück. Lorenz wendet sich anschließend an Otto und Fritz]* Wenn ich vielleicht auch von Ihnen beiden ein Autogramm haben könnte? Von zwei so großartigen Schauspielern? Bitte? Das wäre wirklich ganz nett! *[Er reicht Otto Stift und Karte. Zu sich:]* Gut möglich, dass diese Unterschriften plötzlich stark an Wert gewinnen, wenn an die Öffentlichkeit dringt, dass die alle nicht mehr ganz normal sind. Man muss auch an seine eigene finanzielle Zukunft denken. Vielleicht verdiene ich mir damit eine goldene Nase. *[malt mit großer Geste die Schlagzeilen in die Luft]* -„Letzte Autogramme dreier ehemaliger Stars vor deren Einlieferung in die geschlossene Anstalt der Psychiatrie zu Rekordpreisen versteigert", ich sehe es schon in allen Zeitungen stehen. *[Fritz und Otto haben etwas geschrieben und Otto gibt Karte und Stift an Lorenz zurück]* Vielen Dank! Sehr nett! *[liest, seine Miene erstarrt]* Entsetzlich! Das darf wohl nicht wahr sein! Waaaaaah! *[Er verläßt fluchtartig das Abteil, bleibt atemringend am Gang stehen]* Was war das? *[liest laut]*

„Niemals, niemals, niemals, niemals, niemals! - König Lear!" - das ist von Tauberhelli. Und Fritz und Otto? „Schreibe, wie du redest, so schreibst du schön. - Lessing." und „Ja, das Schreiben und das Lesen ist nie mein Fach gewesen!" *[resignierend]* Gut, denen ist nicht mehr zu helfen. DAS Kapitel ist abgeschlossen. Vielleicht ist Florian in der Zwischenzeit wieder normal geworden. Obwohl - bei ihm weiß man ja gar nicht, MUSS er so reden oder macht er das freiwillig?! *[er setzt sich zu Florian ins Abteil]* Halli-hallo! Wie geht's Dir so?

FLORIAN: Tritt ein, tritt ein, bring´ Glück herein! *[Lorenz springt auf und rennt aus dem Abteil]*

LORENZ: *[am Gang, zitternd]* War wohl nichts! Da kann ich genausogut wieder zurück zu den Verrü... äh, zu den Schauspielern gehen. - Bin ich wirklich so ein Unmensch, dass sie gar nicht mit mir reden wollen? Sie reagieren auf gar nichts, was ich gesagt habe. Halt! Nur auf das Götz-Zitat haben Sie reagiert! Und wie! Gleich so heftig! - *[schlägt sich plötzlich auf die Stirn]* Halt, halt, halt! Na, ich glaube, jetzt geht mir ein Kronleuchter auf! Dass mir das nicht früher eingefallen ist... So und nicht anders MUSS es sein! Sonnenklar! - Wie soll ich jetzt ...? - Es heißt doch immer, man soll Gleiches mit Gleichem vergelten, gut! Von mir aus. Das können sie haben! Also los! Vorweg noch ein kleiner Test, damit ich wirklich ganz sicher sein kann. *[Er geht ins Abteil der Schauspieler, auf „seinem" Platz liegt ein Ohrchlip von Otto, Lorenz nimmt diesen und reicht ihn Otto]*

Verzeihung, Ihr Schmuck! *[zu sich]* Ach, wie dumm. Sie kann mich ja nicht verstehen. Hm ..., was könnte man jetzt wohl am besten sagen ...? *[betrachtet das Schmuckstück]* „Es ist nicht alles Gold, was glänzt" - Nein! Das ist wohl eher, ja, das ist unpassend! *[laut]* Am Golde hängt, nach Golde drängt? *[blickt fragend zu Otto]*

OTTO: Ehrlich währt am längsten!

LORENZ: *[zu sich]* Es scheint tatsächlich zu funktionieren! Da muss ich gleich in dieser Art weitermachen! *[er wendet sich mit siegessicherem Lächeln der Reihe nach an die Schauspieler]* Die beste Bildung findet ein gescheiter Mensch auf Reisen. - Goethe!

TAUBERHELLI: Ja, aber viele Menschen reisen hauptsächlich deshalb, um den Baedeker auf seine Richtigkeit zu prüfen. - G. Mikes. *[alle lachen]*

LORENZ *[überlegen]*: Nun, man hat vor Jahren festgestellt, dass uns're liebe schöne Welt, auf der wir wohnen, nicht nur bunt ist, nein, dass sie außerdem auch RUND ist. Und deshalb sind wir in der Lage, sowohl bei Nacht, als auch bei Tage, von einer Erdhälfte zur anderen, zu fliegen, schwimmen, oder wandern. – Äh ... --- Was ganz unmöglich wär' beileibe, wär' uns're Erde nur 'ne Scheibe. - Ha, ha, - Heinz Erhardt.

FRITZ *[grantig]*: Ach, die Welt ist so geräumig und der Kopf ist so beschränkt! - Wilhelm Busch.

LORENZ *[gerät immer mehr in Fahrt]*: Na, gegen die Dummheit, so war es zeitlebens, da kämpfen die Götter vergebens. - Johann Nestroy nach Friedrich Schiller.

OTTO: *[etwas pikiert]* Nun, der Vorteil der Klugheit besteht darin, dass man sich dumm stellen kann. Das Gegenteil ist schon schwerer. - Kurt Tucholsky.

TAUBERHELLI: Ein Kluger bemerkt alles, ein Dummer macht über alles eine Bemerkung. -Heine, Heinrich Heine. *[Fritz applaudiert]* Ihr applaudiert? Was habe ich Falsches gesagt? - Bert Brecht.

LORENZ: Beifall lässt sich, wie Gegenliebe, nicht erzwingen. Goethe! Ja! *[zur Seite]* Das funktioniert wunderbar. Ich rede schon ganz „flüssig" mit ihnen. Und - was noch wichtiger ist, SIE reden auch mit MIR. Aber wie soll ich ihnen klarmachen, dass ich gerne ihre, sagen wir, Unterstützung, in Anspruch nehmen will. Vielleicht wissen sie ja gar nicht mehr, dass sie eigentlich Schauspieler sind? Was weiß ich, wie sich so eine Verwirrung auswirken kann? - Ach, hätte ich bloß den „Goldenen Zitatenschatz" bei mir, ich könnte mich etwas gewählter ausdrücken. - Nun, es wird wohl am besten sein, wenn ich mir ein paar Redewendungen, die zu meinem Vorhaben passen, zurechtlege. Halt, damit das nicht alles umsonst ist, muss ich noch überprüfen, ob sie tatsächlich auf nichts anderes als auf solche hochgeschraubten Sprüche reagieren. *[zu Otto]* Frau Otto? *[Otto sieht ihn an]* Sie sind eine großartige Schauspielerin! *[Otto reagiert nicht und wendet sich in der Folge desinteressiert von Lorenz ab, dieser wird sich seiner Sache immer sicherer]* Sie sind eine durchschnittliche Schauspielerin? *[keine Reaktion]* Sie sind eine schlechte Schauspielerin! *[er steigert sich]* Sie sind gar keine Schauspielerin! *[nichts passiert]* Sie, Sie, - Sie dumme Gans, Sie! *[zu Fritz]* Sie grantiger, unfreundlicher und unausgeschlafener alter Mann! *[triumphierend zu Tauberhelli]* Ihr Hemd ist das Allerletzte! *[zu Fritz]* Ich würde mich schämen, wenn ich so ein Gesicht hätte wie Sie! *[zu Otto]* Alte Schachtel! *[zu Tauberhelli]* Dummkopf! *[zu Fritz]* Sie! Sie haben Ihren Kopf auch nur, damit Ihnen der Kragen nicht heraufrutscht.

FRITZ *[droht mit der Faust]*: Karl Farkas!

Lorenz *[schaut fragend]*: Oh? *[zu sich]* Ich Idiot! Ich muss besser aufpassen, dass ich nicht unabsichtlich einen berühmten Ausspruch so vor mich hin sage. Man glaubt gar nicht, wie oft man eigentlich etwas so leicht dahinsagt, was schon jemand vor einem gesagt hat. Ich darf es Florian in Zukunft gar nicht übel nehmen, wenn er wieder einmal nur geflügelte Worte von sich gibt. Hoffentlich gibt es überhaupt eine Zukunft für ihn! Ich meine, eine Zukunft in Freiheit, denn solche Fälle überweist man ja für gewöhnlich in die Psychiatrie - und wie die Zukunft dort für die Insassen aussieht, ich weiß nicht... *[zu Fritz, der noch immer böse zu Lorenz sieht]* Der Siege göttlichster ist das Vergeben. - Schiller. *[Fritz grollt noch immer; Lorenz zu sich:]* Ich gehe wohl besser etwas nach draußen. *[laut]* Unstet und flüchtig sollst du sein auf Erden. - Steht schon in der Bibel, bei Moses, Kapitel irgendwas, ganz unten links. Adieu! *[er geht geht aus dem Abteil, bleibt am Gang stehen]* Was tun, sprach Zeus? *[zuckt erschreckt zusammen]* Ob das ansteckend ist? So ein Unsinn, jetzt rede ich auch schon so vertrottelt, wenn ich nur mit mir selbst spreche. - Dass diese ... *[mit Beziehung]* Schauspieler so reden, schön und gut - oder besser, nicht gut, aber eigenartig dass vorhin auch Florian auf nichts Anderes reagiert hat...? *[schüttelt den Kopf]* Ich weiß schon gar nicht mehr, was ich denken soll. - Wo sind wir eigentlich? *[sieht zum Fenster hinaus]* ... Keine Ahnung! Nur Wald und Wiesen zu sehen, das kann fast überall sein! Ah! Da kommt jemand! Es kann nicht schaden, wieder einmal mit jemanden vernünftig, ohne diesen zitatischen Firlefanz zu sprechen. *[Ein Mann kommt ihm am Gang entgegen, Lorenz hält ihn auf]* Pardon, eine Frage, könnten Sie mir sagen, wo wir als Nächstes stehenbleiben? *[Mann macht fragende Geste, Lorenz wird lauter]* Where is our next stop? *[Mann schüttelt verständnislos den Kopf, Lorenz zeigt nach draußen und hebt fragend die Schultern]*

Mann: *[wissend]* Ah! Man verstehe, wo man Halt machen muss! - Ostasiatische Weisheit! *[er winkt zum Abschied mit der Hand und geht weiter!]*

Hack und Lang kommen von rechts.

HACK: Ja, ja, bei Nikotin und Alkohol fühlt sich der Mensch besonders wohl ...

LANG *[mit erhobenem Zeigefinger]*: ... und doch: Es macht ihn nichts so hin, wie Alkohol und Nikotin.

Lorenz sieht ihnen unsicher nach.

HACK *[während er hinter Lang ins Abteil geht]*: Eugen Roth!

LORENZ *[zu sich]*: Ja, so etwas Ähnliches habe ich mir fast gedacht! --- Eine Fahrt mit der Geisterbahn im Wiener Prater ist ein Klacks gegen diese Zugfahrt. Mir läuft es schon ganz kalt den Rücken hinunter, wenn ich daran denke, dass ich noch Stunden in diesem Zug verbringen muss. Mit diesen Mitreisenden! Der reinste Alptraum: Ein Irrenhaus fährt Schnellzug! --- Aber, ir-gend-je-mand MUSS doch in diesem Zug noch „meine Sprache" sprechen. *[von rechts kommt ein fremdländisch aussehender Fahrgast]* Na, der wohl nicht! - Oder, vielleicht gerade der? Hier und heute würde mich nichts mehr wundern, nicht einmal, wenn dieser Fremde hier im tiefsten Wienerisch zu singen beginnt *[zum Fahrgast]* Verzeihung, ich sehe, Sie haben eine Uhr. Könnten Sie mir freundlicher Weise sagen, wie spät es ist?

Asiate: Wo auch immer du hingehst... dort bist du. *[geht weiter, dreht sich nach einer Weile um, winkt und sagt lächelnd:]* Konfuzius!

LORENZ *[nickt resigniert]*: Was habe ich auch anderes erwarten können? Das ganze Abteil hier muss regelrecht verhext, verseucht sein, mit diesen Sprach-Wirren, äh, ich meine Sprach-Viren. Nur ich bin anscheinend immun dagegen. Habt Dank, habt Dank, ihr guten Geister! --- Du liebes Bisschen! Ich habe mich angesteckt! Hilfe! Einen Arzt! Polizei! Feuerwehr! – *[kurze Pause, dann kleinlaut:]* Ma-ma! *[sinkt verstört zusammen und kauert sich auf den Boden; nach einer Weile forsch zu sich selbst]* Jetzt reiß´ Dich zusammen, Lorenz! Nur immer einen klaren Kopf bewahren! Was soll ich am besten machen? - Nichts wie weg von hier! Ich werde jetzt so lange diesen Zug durchsuchen, bis ich jemanden finde, mit dem ich mich ganz normal unterhalten kann, und der mir vielleicht dieses Verhalten hier erklären kann. Und wenn ich bis zum Lokführer vorgehen muss. *[steht auf, entschlossen]* --- Ich halte das nicht mehr aus! Weg mit dem Gedanken an meine Karriere! *[er geht traurig am Abteil der Schauspieler vorbei]* Ade, ihr Bretter, die ihr die Welt bedeuten sollt, es hat einfach nicht sollen sein! *[er geht weiter nach rechts, kommt aber bald wieder zurück,*

97

weil ihm der mobile Bordservice entgegenkommt] Wird ja Zeit! Ich bin schon am Verhungern! *[zum Bordservice]* Einen Moment ... *[er sucht in seinen Taschen]* Ach, ich habe mein Geld ja im Abteil gelassen ... *[er geht ins Schauspielerabteil, setzt sich und nimmt etwas Geld aus seiner Jacke]*

FRITZ *[grantig]*: Wird man wo gut aufgenommen, muss man nicht gleich wiederkommen! - Wolff.

LORENZ *[verwirrt, stutzt kurz, denkt nach]*: Lange Unfreundlichkeit hat Abstumpfung zur Folge! - J. F. Herbart.

FRITZ: Pah!

LORENZ: Na bitte, geht ja wohl! Ha,ha! Ich bin ein Sprachgenie! Neben Englisch und Wienerisch spreche ich jetzt auch noch „Zitatisch". Ich bin echt beeindruckt von mir. Das hätte ich mir gar nicht zugetraut. Meine Achtung vor mir steigt von Minute zu Minute! Wo habe ich nur mein Geld? *[nimmt Geldbörse aus seiner Jacke]*

BORDSERVICE *[erscheint in der Tür]*: Bordservice! Tee, Kaffee, Sandwiches?

LORENZ: *[springt erfreut auf]* Ein Landsmann! Hm-km, ich meine *[setzt sich]* ... ein *[leise]* „Normaler". Ein Sandwich bitte! *[Bordservice nickt, Lorenz freut sich]* Er versteht mich!

FRITZ: Trocken Brot macht Wangen rot! - Sprichwort.

LORENZ *[genervt]*: Aber Butterbröter machen noch viel röter, ich weiß, ich weiß.

BORDSERVICE *[reicht Lorenz das Sandwich]*: Der Mensch lebt nicht vom Brot allein - Moses, 8,3; Matthäus 4,4 UND Lukas 4,4.

LORENZ: Natürlich. Einen Cappuccino bitte! - Waaaaaaaas? *[verzweifelt]* Der auch?

TAUBERHELLI: Ein Kaffee muss sein: Heiß wie die Hölle, schwarz wie der Teufel, rein wie ein Engel, süß wie die Liebe. - Talleyrand.

LORENZ *[grantig]*: Wenn ich jetzt bloß einen bekannten Satz wüsste, der genau das ausdrückt, was ich im Moment denke ... - Na, vielleicht besser, dass mir keiner einfällt.

BORDSERVICE *[gibt ihm den Kaffee; singt dabei]*: Ein, zwei Teelöffel Zucker bitt´re Medizin versüßt - Medizin versüßt. - Mary Poppins.

LORENZ *[stellt Kaffee ab, springt aus Abteil]*: Halt, halt - stop! Ich will aus diesem Wahnsinnszug! Ich MUSS aus diesem Wahnsinnszug! Aus dem Weg! *[er will nach links laufen, Bordservice steht im Weg; er dreht sich um und will nach rechts, bleibt aber stehen, als er Lautsprecherdurchsage hört:]*

LAUTSPRECHERDURCHSAGE: *Werte Fahrgäste! Was nenn´ ich Nähe? Was nenn´ ich Ferne? Mir jauchzt des Weltalls Überschwang. Ich sitze mitten im Kreis der Sterne und lausche ihrem Lobgesang. - Franz Karl*

Ginzkey. [kurze Pause]--- Klagenfurt! Kla-gen-furt! -- - [singt] Du bist die Rose, die Rose vom Wörthersee, o-di-o-di-o-di-o-di-di, o-di-o-di-o-di-diiiii!

LORENZ   *[schlägt   die   Hände   vor´s   Gesicht]*: Waaaaaaaah! [es wird dunkel]

4. AKT

In den Abteilen

LORENZ und Florian sind in ihrem Abteil, Lorenz schläft, als zwei Polizisten in ihr Abteil kommen. Ein Polizist stößt Lorenz an, um ihn aufzuwecken.

LORENZ *[erwacht, erschreckt sich]*: Wah! Lassen Sie mich! Ich bin doch ganz normal! *[Florian will ihn immer wieder beruhigen, ist aber erfolglos]* Nehmen Sie Ihre Hände weg! - Weg! Weg! Äh - *[er überlegt; zu sich]* Ach herrje, er ist ja ... *[laut]* Der Grad der Furchtsamkeit ist ein Gradmesser der Intelligenz! - Nietzsche. Tja, wenn die Ideen fehlen, sind Worte leicht zur Hand. - Goethe. --- *[kurzes Nachdenken]* Menschen mit Phantasie langweilen sich nie. - Rosshart. *[er deutet aus dem Fenster]* Schlummernd liegen Wies'n und Hain, jeder Pfad verlassen, niemand als der Mondenschein wachte auf den Straßen. - Lenau. Und rings, statt duft'ger Gärten, ein ödes Heideland, kein Baum verstreut Schatten, kein Quell durchdringt den Sand. - Uhland.

FLORIAN: So beruhige Dich doch!

Lorenz nimmt keine Notiz von ihm und steigert sich immer mehr in seine Zitate, sodass er nicht bemerkt, was um ihn vorgeht.

LORENZ: Still! Nächtens in die stillen Häuser durch die Schlünde der Kamine kommen sie wie schwarzer Rauch! - Pirandello. Ha, ha! *[macht siegessichere Geste zu den Polizisten]* Na, da staunt ihr aber, ihr zwei Kapperlträger, was? Ich bin gar nicht so schlecht. Ja, da bleibt euch die Spucke weg!

FLORIAN: Lorenz!

LORENZ: Silencium! Das schlimmste aller Geheimnisse: Ein Genie zu sein und es als einziger zu wissen. - Mark Twain.

Polizist *[zu Florian, deutet auf Lorenz]*: Ich weiß nicht, was soll es bedeuten ...

LORENZ: ... dass ich so traurig bin? Ein Märchen aus alten Zeiten, das geht mir nicht aus dem Sinn. Die Luft ist kühl und es dunkelt und ruhig fließt der Rhein, der Gipfel des Berges funkelt im Abendsonnenschein. Die schöne Jungfrau sitzet dort oben ...

Polizist *[während Lorenz weiter die „Lorelei" deklamiert]*: Wohin reisen Sie?

FLORIAN: Venedig!

Polizist: Dieser Herr *[deutet auf Lorenz]* auch? *[Florian nickt]* Gute Reise!

Die Polizisten grüßen und gehen aus dem Abteil.

LORENZ: *[redet sich in Rage]* Wenn einer eine Reise tut, dann kann er was erzählen, ha-ha! --- Das Reisen will uns eines lehren, das Schönste bleibt

stets heimzukehren. - Deutsches Sprichwort. ---
Verwünscht! Dreimal verwünscht sei diese
Reise. - Schiller.

FLORIAN: Lorenz, was ist denn in Dich gefahren? Was ist
denn los?

LORENZ: Einen TROPFEN Glück möchte ich haben, oder
ein FASS Verstand. - Menand.

FLORIAN: Was? Ich verstehe Dich nicht?! Entspann´
Dich doch! Ruhig Blut!

LORENZ *[singt]*: Wiener Blut, Wiener Blut, eig´ner Saft,
voller Kraft, voller Glut! --- Es ist eine alte
Geschichte, doch bleibt sie immer neu. - Heine.
[es klopft irgendwo] Horch! Der Wilde tobt
schon an den Mauern. - Schiller. *[in
gesteigertem Tempo, mit zunehmender
Verzweiflung:]* Wird´s besser, wird´s
schlimmer? fragt man alljährlich. - Seien wir
ehrlich: Leben ist immer lebensgefährlich! -
Roth.

Ein Pärchen kommt ins Abteil.

Sie *[nach hinten zu ihm]:* Sollen wir hier?

LORENZ: Der Zufall muss ein b´soffner Kutscher sein.
Wie der die Leut´ z´sammführt - *[er deutet auf
das Pärchen]* - das is´ stark. - Nestroy.

Er: Ich glaube, wir gehen hier besser wieder. *[Die
beiden gehen schnell wieder]*

LORENZ *[ruft ihnen nach]* Wenn Menschen auseinandergehen, dann sagen sie: Auf Wiedersehen! - Feuchtersleben. *[er springt auf und geht zum Fenster]*

FLORIAN: Lorenz, mein Freund... *[fasst ihn beruhigend an der Schulter]*

LORENZ: *[schüttelt ihn ab]* Feinde hat jeder auf der Welt, vor den Freunden aber bewahre uns Gott! - Puschkin.

FLORIAN: Lorenz!

LORENZ *[dreht sich um]*: Lenore fuhr ums Morgenrot empor aus schweren Träumen: Bist untreu, Wilhelm, oder tot? Wie lange willst Du säumen? - Gottfried August Bürger.--- In einem Bächlein helle, da schoss in froher Eil´ ...

FLORIAN *[schüttelt Lorenz und schreit]*: Lorenz!!!!! Jetzt ist aber genug!

LORENZ *[zurechtweisend]*: Nur dem Fröhlichen blüht der Baum des Lebens! --- *[längeres Schweigen, Florian schüttelt immer wieder verständnislos den Kopf]* --- Festgemauert in der Erden steht die Form aus Lehm ...

FLORIAN *[verzweifelt]*: Lorenz Lyrheim ...

LORENZ *[trotzig]*: Nein, Schiller!

FLORIAN *[er steht auf, schüttelt Lorenz, drückt ihn in einen Sitz und setzt sich selbst]* Hallo! Jetzt beruhige Dich doch, Du bist ja ganz außer Dir! Jetzt hol´ einmal tief Luft ...

LORENZ *[atmet laut aus und ein, springt plötzlich schnell auf]*: Wieso redest Du so?

FLORIAN: Wie „so"?

LORENZ *[setzt sich wieder, bleibt aber sehr nervös]*: Na, so wie Du redest eben, so ganz normal. Seit wann sprichst Du so?

FLORIAN: Seit ich überhaupt reden kann, seit vielen, vielen Jahren also schon - denke ich zumindest.

LORENZ: Aber, Du hast doch vorher nur so geschwollen dahergeredet, ausschließlich in Zitaten und solchem Zeug... ?

FLORIAN: Ich? - Nun, ich gebe zu, ich verwende ganz gerne einmal ein geflügeltes Wort so zwischendurch, aber Du hast mich in den letzten Minuten eindeutig übertroffen. DU hast ja sämtliche passenden und unpassenden Klassiker und auch Nichtklassiker zum Leben erweckt, seit Du aufgewacht bist.

LORENZ *[ein Ruck durchfährt ihn, zögerlich]*: Aufgewacht? *[er lächelt unsicher]* Soll das heißen, - heißt das, ich ... ich habe - geschlafen?

FLORIAN: Nun, das Aufwachen setzt gewöhnlich voraus, dass man vorher schläft.

LORENZ *[unsicher]*: Oh! --- Und seit wann habe ich, Deiner Meinung nach, geschlafen?

FLORIAN: Was weiß denn ich? In etwa vom Semmering bis jetzt hier kurz vor der Grenze. Aber Du musst Fürchterliches geträumt haben, Du warst ganz unruhig im Schlaf! - Einmal hast Du sogar kurz aufgeschrien!

LORENZ: Wirklich?

FLORIAN: Ja, kurz bevor wir in Klagenfurt stehengeblieben sind.

LORENZ *[zu sich]*: Die Rose vom Wörthersee!

FLORIAN: Bitte?

LORENZ: Nichts, nichts! ... Sag' einmal, - ich habe das Abteil hier nie verlassen?

FLORIAN: Na, sag bloß, Du wandelst im Schlaf?

LORENZ *[ungeduldig]*: Bin ich aus dem Abteil gegangen: ja oder nein?

FLORIAN: Nein! Natürlich nicht!

LORENZ *[lehnt sich entspannt zurück]*: Aaah!

FLORIAN: Was heißt „aaaaah"?

LORENZ: Nichts! *[er schüttelt den Kopf]* Oh - oh - oh!

FLORIAN: Bitte?

LORENZ: Vergiss´ es! *[er schüttelt wieder nachdenklich den Kopf]* Ui - ui - ui!

FLORIAN: Ah - oh - ui! Also, ich versteh´ Dich nicht!

LORENZ *[zögernd]*: Du, ich glaube, ich verstehe mich im Moment selbst nicht so ganz. - Soll ich das ALLES nur GETRÄUMT haben?

FLORIAN: Was immer es auch gewesen sein mag, es hat Dich ja anscheinend ganz schön mitgenommen. Die Polizisten übrigens dürften Dich vorhin wohl für verrückt gehalten haben. Ich kann es ihnen allerdings auch nicht verdenken. Aber ich muss sagen, die Rolle eines Verrückten ist für Dich wie auf den Leib geschneidert. Wäre diese Rolle ein Anzug, würde ich sagen: Sitzt wie angegossen!

LORENZ: Bitte - ich bin jetzt absolut nicht zu Späßen aufgelegt. Und schon gar nicht über Verrückte.

FLORIAN: Du kannst ja gar nicht aufgelegt sein! Du bist schließlich kein Telefonhörer!

LORENZ: Erinnere mich, wenn wir wieder zu Hause sind!

FLORIAN: Gerne! ... und woran?

LORENZ: An diese Bemerkung! Vielleicht kann ich ja dann lachen!

FLORIAN: Schon Nietzsche hat gesagt: Jeder Tag, an dem Du nicht gelacht hast, ist ein verlorener Tag!

LORENZ *[springt auf und droht mit der Faust]*: Wehe, wenn Du noch EINMAL in meiner Gegenwart ein Zitat in den Mund nimmst!

FLORIAN: Mein Gott, ich weiß ja, ich habe Dich zwischendurch genervt mit meinen Sprüchen, aber das ist jetzt dann doch zuviel! Sag´ einmal, was ist denn in Dich gefahren?

LORENZ: Gefahren? ... apropos gefahren! Bei der nächsten Station steige ich aus und fahre zurück nach Wien *[er beginnt seine Sachen, die Florian aber immer gleich wieder zurücklegt, zusammenzupacken]*

FLORIAN: So ein Unsinn! Wieso willst Du denn plötzlich alles aufgeben? Deine - im Moment wohl einzige - Chance, mit dem „SHOW-BIZ" - whow, welch Ausdruck! - in Berührung zu kommen. So viele Schauspieler wie hier in diesem Zug findest Du so schnell nicht wieder auf einem Fleck. Außer auf dem Opernball vielleicht! - Wenn überhaupt!

LORENZ *[setzt sich wieder; kleinlaut]*: Aber ich will doch nicht so werden wie die! Die sind ja alle ganz ... ganz - verrückt! Ach, ich weiß nicht. Ich bin ganz durcheinander!

FLORIAN: Na, ein paar sind möglicherweise der Realität etwas „entrückt", aber ALLE? Und außerdem: ein bisschen verrückt muss man ja auch sein, wenn man Schauspieler werden will, findest Du nicht?

LORENZ: Ich weiß nicht so recht.

FLORIAN: Du bist ja noch immer ganz verwirrt, aber glaube mir, Du hast wirklich nur geträumt, Lorenz! *[verbessert sich schnell]* Lorenzo! Wir sind ja jetzt schon über der Grenze. Glaube mir, was immer Du auch geträumt hast, *[wie zu einem Kind]* es ist nicht wahr! Es ist nicht die Wirklichkeit! Ganz gewiss nicht! Glaube mir!

LORENZ *[noch immer etwas zweifelnd]*: War der Herr vom Bordservice eigentlich schon hier?

FLORIAN: Ja, kurz vor der Grenze! Ist noch gar nicht so lange her; aber wenn Du willst, wir können in den Speisewagen gehen ...?!

LORENZ: Nein, nein, lass´ nur. - Aber sag´, wie hat er geredet?

FLORIAN: Wer?

LORENZ: Na, der Typ vom Bordservice.

FLORIAN: Wie hat er geredet? Mit einer tiefen, vollen Stimme!

LORENZ: Ich meine nicht wie, herrgottnocheinmal, WAS hat er gesagt?

FLORIAN: Was wohl? Ob ich etwas zu essen oder zu trinken möchte?! Aber ...

LORENZ: Und wie hat er das genau gesagt, ich meine, hat er vielleicht ...

FLORIAN *[ungeduldig]*: Er hat gesagt: Bordservice, guten Tag! Haben Sie einen Wunsch? Tee, Kaffee, Kornspitz?

LORENZ: Sonst nichts?

FLORIAN: Sonst nichts.

LORENZ: Gott sei´s gedankt! Es war anscheinend wirklich nur ein Traum!

FLORIAN: Sage ich doch die ganze Zeit.

LORENZ: Komm, gehen wir doch in den Speisewagen! Ich denke, ich habe etwas Hochprozentiges nötig, mindestens einen Doppelten! *[er steht auf, Florian folgt ihm]*

FLORIAN: Aber ich glaube, im Zug gibt es nur Wein!

LORENZ *[im Weggehen]*: Macht nichts, muss ich halt mehr trinken, dass ich einen höheren Prozentsatz erreiche!

FLORIAN: Ich glaube, dem hat der Schlaf den Verstand geraubt. *[Florian schüttelt den Kopf und geht ebenfalls langsam am Abteil der Schauspieler vorbei.*

Abteil der Schauspieler:

TAUBERHELLI: Ich hoffe, ihr seid Euch alle im Klaren darüber, dass diese Produktion auf wackeligen Beinen steht! Noch gestern am Abend hat mich unser Produzent angerufen und mir gesagt, dass noch nicht einmal alle Rollen besetzt sein sollen.

LORENZ *[kommt von rechts angelaufen; zu Florian, der sich weiter hinten im Gang befindet]*: Hast Du das gehört? Die brauchen noch jemanden. - *[macht einen Luftsprung]* Jippie-yeah!

HACK: Ist ja auch kein Wunder, dass noch einige Mitspieler fehlen: Einige „Rollen", der Bello zum Beispiel, sind doch recht undankbar.

FRITZ: „Undankbar" ist gut gesagt!

LORENZ: Bello? Heißt das nicht so viel wie „der Schöne"? *[er richtet sich auf]* Das trifft sich ja ausgezeichnet. Den könnte ICH sehr lebensecht spielen ...

FLORIAN *[packt Lorenz an der Schulter und zieht ihn nach rechts]*: Auch gut! Komm jetzt, Du Phantast!

LORENZ: He! Warte! *[stolpert nach rechts]* Lass' mich ...

OTTO: Wenn wenigstens die Gage stimmen würde! Ich muss es halt leider machen, ich hab´ es unserem ehrenwerten Produzenten schon vor Langem versprochen. Und schließlich ist DER ja auch bekannt für seine erfolgreichen Vorabendserien. Wer weiß, vielleicht ergibt sich da das eine oder das andere?!

FRITZ: Hoffentlich!

HACK: Ich glaube, das ist wohl der einzig wahre Grund, warum wir alle spontan zugesagt haben, bei diesem Projekt mitzumachen, stimmt´s?

LANG: Außerdem: ein paar Tage Venedig ... - schlecht?

TAUBERHELLI: Seid doch nicht immer so negativ! Es ist nun einmal, wie es ist! Es ist zwar nicht gut, aber wir wollen doch nur das Beste hoffen! Unsere Arbeit dürfte im Großen und Ganzen gar nicht SO übel werden! Es hat auch etwas Anspruchsvolles an sich! Zwar nicht viel - zugegeben - aber es hat. Da gibt es gar nichts zu leugnen!

FRITZ: Möglicherweise haben wir Glück und es wird gar nie ausgestrahlt!

OTTO: Du ewiger Pessimist! - Aber, für den schnöden Mammon bist Du Dir ja scheinbar auch für überhaupt nichts zu schade! Habe ich recht?

FRITZ: Pah! Ich mag das Neue, die Herausforderung, die Spannung.

LANG: Wer´s glaubt!

TAUBERHELLI: Ich weiß nicht, ich bekomme immer so einen trockenen Mund, wenn ich länger mit der Bahn unterwegs bin. Hat jemand Lust, auf ein Getränk in den Speisewagen mitzukommen?

[Fritz, Lang und Hack schütteln den Kopf]

HACK: Trinken? Mich zieht´s eher „zum Gegenteil", aber vielleicht komme ich später nach.

TAUBERHELLI: Elfi?

OTTO: Ja, wart´ ein bisschen, ich nehm´ nur noch mein Geld... *[sucht in ihrer Handtasche]*

TAUBERHELLI: Lass´, Du bist eingeladen.

OTTO: Oh, danke. Aber so war das nicht gemeint.

TAUBERHELLI: Ich weiß, ich weiß.

[Tauberhelli und Otto gehen Richtung Speisewagen, Fritz rutscht bequem in seinen Sitz und döst vor sich hin, Hack geht nach links auf´s WC, Lang liest in der Zeitung, die beim Fenster gelegen ist.]

Im Speisewagen:

LORENZ: Hast Du gehört? Die suchen tatsächlich noch jemanden für ihren Film. Ich MUSS irgendwie an einen von ihnen herankommen - aber wie? --- Du musst mir helfen.

FLORIAN: Mit meinem Glück?

LORENZ: Nein, nur beim Überlegen!

FLORIAN: Wolltest Du nicht vorhin alles aufgeben und nach Wien zurückfahren?

LORENZ: Ach, das war vorher! Sag´ mir jetzt lieber, was ich machen soll?!

Florian winkt dem Kellner, der sogleich herbeieilt.

FLORIAN: Due te, per favore! *Der Kellner nickt und geht zum Nebentisch weiter.*

FLORIAN: Was Du tun sollst, willst Du wissen? Na, schmeiß´ Dich doch an die beiden dort heran!

LORENZ: An wen?

FLORIAN *[deutet auf die Seite, wo gerade Tauberhelli und Otto hereinkommen]*: Da!

LORENZ: Wie? Wo? *[sieht die beiden]* Ui-ui-ui!

FLORIAN: Das ist alles, was Dir dazu einfällt?

LORENZ: Was soll mir denn - Deiner Meinung nach - einfallen?

[Otto setzt sich mit dem Rücken zu Lorenz, Tauberhelli setzt sich ihr gegenüber; Lorenz dreht sich in der Folge immer wieder um und vergewissert sich, dass die beiden noch hier sind]

FLORIAN: Abwarten *[er weist auf die beiden Tassen Tee, die eben serviert werden]* und Tee trinken.

LORENZ: Ach, Du immer mit Deiner Engelsgeduld.

FLORIAN: In der Ruhe liegt die ...

LORENZ: Pst! *[er hält Florian den Mund zu]* Keine geflügelten Worte mehr, Du hast es versprochen.

FLORIAN: O.K. Aber willst Du mir nicht erzählen, was vorher mit Dir los war?

LORENZ: Pst! Pst! *[er lehnt sich nach hinten, um Otto und Tauberhelli besser zuhören zu können]*

TAUBERHELLI *[zu Otto]*: Das ist irgendwie fast wie eine Fahrt ins Ungewisse, findest Du nicht auch? Den Rest der Mannschaft treffen wir erst in Venedig - wenn überhaupt -, einige kleine Rollen sind noch gar nicht besetzt, das soll erst vor Ort geschehen. Ich bitte Dich, wo soll ich in Venedig ein paar passende und gleichzeitig auch billige junge Leute herbekommen? So auf die Schnelle? Innerhalb kurzer Zeit?

OTTO: Fritz hat gemeint, Du würdest sicherlich ein paar geeignete und begeisterte Leute vor Ort sehen.

[Lorenz nickt heftig]

FLORIAN: Was is' los? *[Er sieht Lorenz skeptisch an]*

LORENZ *[deutet ihm, ruhig zu sein]*: Pst!

TAUBERHELLI: Fritz hat leicht reden.

OTTO: Du, ich glaube, der redet nicht nur; er hat gemeint, wenn er wen einigermaßen Passenden trifft, spricht er ihn hundertprozentig an. *[mit gedämpfter Stimme]* Ich glaube, Fritz braucht dieses Projekt unbedingt. - Es soll ihm finanziell nicht allzu gut gehen, munkelt man. Aber bitte, ich weiß nichts Genaues - und ich habe auch nichts gesagt. Du verstehst?

TAUBERHELLI: Du glaubst, Fritz spricht tatsächlich den einen oder anderen an, der ihm einfach so über den Weg läuft? *[Otto nickt]*

LORENZ: *[springt auf]*: Bin schon weg! *[er läuft zu den Abteilen zurück]*

OTTO: Um den einen oder anderen Schilling zu retten, traue ich dem alten Fritz alles zu, oder zumindest sehr viel.

TAUBERHELLI: Wir werden ja sehen. Ich glaube aber nach wie vor, dass sich auch bei diesem Projekt unsere Qualität durchsetzen wird. Wir müssen nur uns und unserem Metier treu bleiben, dann kann einfach nicht viel mehr schiefgehen.

OTTO: Toi-toi-toi. *[sie klopft auf den Tisch]* Hoffen wir das Beste. - Das Schlimmste kommt ohnehin von selbst.

TAUBERHELLI *[erblickt Florian alleine am Tisch sitzen]*: Du entschuldigst mich einen Moment? Mir kommt da gerade so eine Idee ... bevor Fritz noch Schlimmeres anstellt... *[geht zu Florian]* Pardon, wenn ich Sie schon wieder störe, aber Sie haben mir doch vorhin, als es mich in Ihr Abteil verschlagen hat...

FLORIAN [macht wegwerfende Geste]: Aber, ich bitte Sie! Solche Störenfriede wie Sie sind mir immer herzlich willkommen.

TAUBERHELLI: Danke! [setzt sich] - Sie haben mir erzählt, dass Sie unter anderem Gesang studieren und sich ein wenig in der Schauspielkunst versuchen, richtig?

FLORIAN: Naja, Letzteres würde ich gerne, aber man lässt mich nicht so, wie ich will.

TAUBERHELLI: Morgen lässt man Sie, wenn Sie wollen.

FLORIAN: Wie bitte? Ich verstehe nicht ganz ...

TAUBERHELLI: Wir [deutet auf Otto], Frau Otto, die Herren Schrank, Lang, Hack und ein paar andere „alte Kaliber" des Schauspiels, wir sind auf der Fahrt nach Venedig, wo wir ein paar Szenen für ein wichtiges Projekt drehen.

FLORIAN: Ich weiß ...

Tauberhelli [erstaunt]: Wie? Sie wissen ...?

FLORIAN [verlegen]: Ich weiß ..., nein, ich - äh - ich dachte mir so etwas ... - weil Sie ... alle ...

TAUBERHELLI: Egal! Wie auch immer! Uns fehlt allerdings noch der eine oder andere Charakter. Wenn Sie also Lust haben, ...

FLORIAN: Und ob ich Lust habe!

TAUBERHELLI: Nicht so voreilig, junger Mann! Es ist nur eine kleine, eine winzige Rolle sozusagen, nichts Allzubedeutendes!

FLORIAN: Egal!

TAUBERHELLI: Wirklich?

FLORIAN: Sicher! Klein muss man anfangen. Wie heißt es doch: Mühsam nährt sich das Eichhörnchen!

TAUBERHELLI: Gut! Dann seien Sie morgen um 11 Uhr hier *[er schreibt eine Adresse auf eine Serviette]* in diesem Hotel. Ein Herr Hofmayer wird Sie dort in Empfang nehmen. Alles Weitere erfahren Sie dort.

FLORIAN: Jou! Vielen Dank!

TAUBERHELLI *[steht auf]*: Ja, bis morgen dann! *[er geht, wendet sich noch einmal an Florian]* Ach, dass ich nicht vergesse: Wie groß sind Sie? 1,90 m? Größer?

FLORIAN *[ahnungslos; nickt]*: Ja ... , nein, 1,87m. Wieso?

TAUBERHELLI: Ah! Nur so! Also, bis morgen dann, HERR KOLLEGE! *[er setzt sich wieder zu Otto]*

Florian *[stolz]*: Bis morgen! *[zu sich]* Wow! - Kollege!

Am Tisch von Otto und Tauberhelli:

OTTO: Du förderst den Nachwuchs, wie ich höre?

TAUBERHELLI: Immerhin EINE Personalfrage weniger. Für diese Rolle hätten wir ohnehin nur schwer jemanden bekommen, vermute ich, und der Junge ist ganz vom Theaterfieber gepackt und sehr interessiert. Na, vielleicht wird aus ihm ja einmal etwas. Wenn er an sich arbeitet und sein Ziel hartnäckig verfolgt ...

OTTO: Und die nötigen Bekannten hat...

TAUBERHELLI: Vielleicht auch das, ja!

OTTO: Auf jeden Fall wird er in Venedig sicher an Erfahrung reicher.

TAUBERHELLI: Genau. An Erfahrung und an ein paar Euro.

Betrunkener *[torkelt singend in den Speisewagen, eine Flasche Schnaps in der Hand]*: Jetzt trink' ma' *[setzt sich neben Florian; deutet auf ihn und sich]* no' a Flascherl Wein!

FLORIAN *[belustigt]*: Hollodaro!

Betrunkener: Das is' gut! Ein Muska-, ein Musikant! Und redet auch noch Deutsch. Das muss begossen werden. Prost, Sangesbruder! *[er setzt Flasche an seinen Mund, Florian nimmt seine Teetasse; Betrunkener nimmt ihm empört die Tasse aus der Hand]* Nein, wenn schon, dann richtig! *[Er leert ihm aus seiner Flasche etwas in die Tasse; Florian ist verärgert]* So, prost! *[Er setzt Flasche an den Mund und tut einen tiefen Zug; Florian stellt die Tasse, ohne getrunken zu haben, auf den Tisch]* Spielverderber! Dann eben nicht! *[Er trinkt wieder aus seiner Flasche; Florian wird sein Tischgenosse zusehends peinlich, er rückt etwas von ihm ab]* Was machst Du Langweiler eigentlich in Italien? *[Florian antwortet nicht]* - Na, die italienischen Frauen, was? -- Du, ich hab' vor, vor, vor einiger Zeit eine kennengelernt - Maria. Ich sag' Dir - eine Frau! Sie war aus Sano-, Saho-, Saloniki - oder so.

FLORIAN *[belustigt]*: Saloniki ist aber in Griechenland.

Betrunkener: So? Na, macht ja nichts! Ein Weib war das, sag ich Dir! Dunkle Haare, dunkles Gemüt, üppige Figur *[deutet große Oberweite an]*, auch hinten! Auf was stehst Du denn so? Blond, schwarz, groß, klein, viel Busen, wenig Hintern? *[er wird immer lauter]*

FLORIAN: Schreien Sie doch nicht so, die anderen Leute schauen schon alle!

Betrunkener *[rückt näher an Florian]*: A'so! Das is' Dir peinlich! *[laut]* Du stehst auf Männer?! *[er legt Arm um Florian]* Bin i' Dein Typ? *[Florian befreit sich aus der Umklammerung, nimmt seine und Lorenz' Tasse und setzt sich verärgert an den Nebentisch]*

FLORIAN *[zu den Leuten im Speisewagen, die Zeugen dieses Gespräches wurden]*: Stockbesoffen der Kerl! *[er setzt Tasse an die Lippen, verzieht das*

Gesicht und setzt die Tasse wieder ab; zum Kellner:] Un acqua, per favore!

Betrunkener *[singt vor sich hin]*: I bin a stilla Zecher ...

Ja, ja! Die Leut' werd'n a immer unfreundlicher! *[zu Florian]* Bin i so schiach, dass D' nimmer mit mir red'st?

Der Schaffner geht durch den Speisewagen.

Betrunkener: Grüß Gott, Herr Kapitän! - *[singt]* Eine Seefahrt, die ist lustig, eine Seefahrt, die ist schön, denn la la la la la ....

Der Ober bringt Florian das Mineralwasser und redet dann auf den Betrunkenen ein bzw. deutet ihm, sich still zu verhalten und geht dann wieder in die andere Richtung ab.

Betrunkener: I' soll' ruhig sein? Und ihr Italiener? *[schreit]* „Mamma mia!", sag' i' da nur!

[er murmelt noch etwas Unverständliches und döst dann ein; wacht aber immer wieder kurz auf und lallt ein paar Wörter, ehe er wieder einnickt]

LORENZ *[stürzt aufgeregt in den Speisewagen und zu dem Tisch, an dem Florian früher gesessen ist und stutzt, als er den Betrunkenen sieht]*: Florian; äh, T´schuldigung *[er blickt suchend um sich, sieht Florian]* Sind wir nicht vorher dort drüben gesessen? *[Florian nickt]* Warum sitzt Du jetzt hier?

FLORIAN: Daran ist der Wein schuld *[Lorenz schaut fragend]*, den DER getrunken hat *[er weist zum Betrunkenen]*.

LORENZ *[setzt sich]*: Egal!

FLORIAN: Und? Wie war's?

LORENZ: Ha-ha! Du immer mit Deinem ewigen Glück! Man muss sein Schicksal selbst in die Hand nehmen, ich hab's ja immer gesagt. - Spontan und beherzt handeln!

FLORIAN: Das sind ja ganz neue Töne!?

LORENZ: Glaub' es, oder glaub' es nicht, ich bin engagiert.

FLORIAN: Ich auch! *[Lorenz ist so aufgeregt, dass er gar nicht reagiert]*

LORENZ: Von Fritz...

FLORIAN: ... von Tauberhelli.

LORENZ: Gerade eben.

FLORIAN: Gerade eben.

LORENZ: In seinem Abteil.

FLORIAN: Hier.

LORENZ: Ja, Du mit Deinem ewigen Warten auf's Glück. Ich bin einfach ... *[besinnt sich plötzlich]* Du bist WAS?

FLORIAN: Engagiert. Zwar nicht für die Hauptrolle, denke ich, aber immerhin. Tja, Glück gehabt.

LORENZ: Wie hast Du das geschafft? Hast Du Tauberhelli bestochen?

FLORIAN: Aber gewiss.

LORENZ: Echt?

FLORIAN: Na klar, ich habe ihn durch meine Ausstrahlung bestochen!? - Ach, was weiß ich, er ist plötzlich an meinen Tisch gekommen und hat mich gefragt, ob ich bei seinem Projekt mitmachen will. No na! Ablehnen werde ich vielleicht!

LORENZ: Das ist wieder einmal typisch. Dir fällt das Glück gewissermaßen in den Schoß und ich muss mich abrackern.

FLORIAN: Pa-pa-pa! Abrackern! Was wirst Du schon gemacht haben? Du hast wahrscheinlich Fritz oder sonst wem die Ohren vollgeraunzt und gejammert, dass Du SO gerne ins Schauspielfach einsteigen willst, aber bis jetzt keine Möglichkeit ...

LORENZ: Nein, nein! Ich bin es viel engagierter angegangen. Ich bin voller Elan in sein Abteil gestürmt - bin dabei gestolpert, aber das tut im Moment nichts zur Sache -, habe mich vor ihm in Pose geworfen und Shakespeare deklamiert: „Die ganze Welt ist Bühne", habe ich gesagt...

FLORIAN: Wirklich? - Was ist dann passiert?

LORENZ: Fritz hat nur trocken gemeint: „Aber das Stück ist schlecht besetzt.

FLORIAN *[lacht]*: War er alleine im Abteil?

LORENZ: Nein, Lang war bei ihm und später ist dann auch noch Hack dazugekommen. Du, der ist aus der Nähe gar nicht so ein Schönling. - Aber, lass´ mich weitererzählen. Ich sage also: „Die ganze Welt ist Bühne..."

FLORIAN: Das hast Du schon erzählt.

Tauberhelli und Otto gehen aus dem Speisewagen, im Weggehen nicken sie Lorenz und Florian freundlich zu

LORENZ: Nein, ich hab´s ja ein zweites Mal gesagt, zur dramatischen Steigerung gewissermaßen. Also *[er schmeißt sich in Pose]*: „Die ganze Welt ist Bühne..."

FLORIAN: Noch einmal? Gib es zu, insgeheim liebst auch Du das geflügelte Wort.

LORENZ: Quatsch! Hör zu: Also, „die ganze Welt ist Bühne, warum sollte gerade ICH als angehender Schauspieler nicht in Venedig mein Rollendebüt geben? Ich habe gehört, Sie hätten Einfluss auf die Besetzung bei dem neuen Projekt - kurz und gut - haben Sie eine Rolle für mich?"

FLORIAN: Das hast Du wirklich gesagt?

LORENZ: Ja, ich kann es mir jetzt eigentlich auch nicht mehr so ganz vorstellen, dass ich dazu den Mut gehabt habe, aber - gottseidank - ich habe ihn gehabt. Hack meinte, er hätte eine Rolle für mich, eine Klopapierrolle. Das haben alle natürlich sehr witzig gefunden - bis auf mich, aber was nimmt man nicht alles in Kauf, um seinen Traum zu verwirklichen.... Lang hat sich dann gewissermaßen meiner erbarmt und hat gemeint, wenn er mich länger betrachtet, so könnte er sich immer mehr vorstellen, dass ich die Rolle des Bello übernehmen könnte. Auch Fritz hat gemeint, wenn er es sich recht überlegt, wäre ich tatsächlich wie geschaffen für diesen Part. Habe ich es Dir vorhin nicht gesagt: Bello, der Schöne, das passt für mich! Fritz hat sich dann vor der endgültigen Zusage noch etwas geziert, muss er ja auch, denn wenn er sofort Ja und Amen sagen würde, dann kommt gleich jeder angelaufen und bettelt um eine Rolle.

FLORIAN *[mit Beziehung]*: Ach, wirklich?

LORENZ: Ja! *[Er sieht zu Florian, der ihn schräg von der Seite ansieht]* Nein, also bei mir ist das etwas GANZ ANDERES. Wirklich. Ich bin wie geschaffen für sein Projekt. Geschaffen dafür, wie kein Zweiter!

FLORIAN: Gewiss. *[er stutzt]* Sag, hat Fritz auch immer Projekt gesagt?

LORENZ: Ja, das hat mich auch gewundert. Er hat nie Film oder so gesagt, er hat immer vom Projekt geredet.

FLORIAN: Eigenartig. Tauberhelli auch.

LORENZ: Na, das ist sicher so eine Schrulle von diesen Theaterleuten, vielleicht Aberglaube oder so.

FLORIAN: Mag sein. Ich weiß es nicht. *[zum Kellner]* Zahlen!

Kellner: Uno momento!

FLORIAN: Ach, ich vergess´ immer, dass wir ja in „Bella Italia" sind. Also: *[zum Kellner, der sich schon wieder abgewendet hat]* „Il conto, per favore!", habe ich natürlich gemeint.

LORENZ: Genau. Wir sind im Land, wo die Zitronen blühen, und schon morgen treffen wir uns um 11 Uhr im *[er holt die Zeitung, auf die er sich etwas notiert hat, aus seiner hinteren Hosentasche; zugleich liest Florian von seiner Serviette]*

FLORIAN und LORENZ: Hotel Gondola, Via Zanelli

LORENZ: 23.

FLORIAN *[verbessert lächelnd]*: Ventitre, signore!

5. AKT

Hotelzimmer, nächster Tag, ca. 9.30 Uhr; beide agieren sehr übertrieben.

LORENZ *[kommt aus dem Bad nebenan, benützt eine Haarbürste als Mikrofon]*: Ladies and gentlemen! Signore e Signori - Ich freue mich, Ihnen heute präsentieren zu dürfen: Lorenzo Lyrheimo, DEN Star unter den Schauspielern! Er wird sein Talent mit einem Monolog von Shakespeare hier und heute unter Beweis stellen. Begrüßen Sie den besten aller Darsteller, der je die Bretter, die die Welt bedeuten, betreten hat, mit einem tosenden Applaus. Hier ist der große, der einzigartige, der unvergleichliche *[er deutet auf sich]* Lorenzo Lyrheimo. Il grande L.L.

FLORIAN *[liegt am Bett, droht mit dem Zeigefinger]*: Weh dem, der lügt!

LORENZ: Bitte Ruhe im Auditorium! *[tritt bedächtig vor, sammelt sich]* Hüstel! ... „Sein - oder Nichtsein! Das ist HIER die Frage! Ob's edler im Gemüt, die Pfeil und Schleudern des wütenden Geschicks erdulden - oder ... oder ...“

FLORIAN *[schnell]*: „... oder sich waffnend gegen eine See von Plagen durch Widerstand sie enden.“ - Text gibt's an der Kassa, oder wie - Herr Kollege?

LORENZ *[wirft sich auch auf das Bett]*: Glaubst Du, dass wir viel Text haben werden heute?

FLORIAN: Ich hoffe JA, ich glaube NEIN!

LORENZ: Tja, DU weißt ja noch nicht einmal, welche Rolle Du bekommst. Aber ich! - Bello! Das ist sicher so eine Art Lebemann.

FLORIAN *[übertrieben ernst]*: Wie wirst Du ihn anlegen?

LORENZ *[näselnd]*: No, wie schon sein Name sagt: von seiner Schönheit überzeugt; - aber keinesfalls arrogant. Er ist bestimmt der Schwarm aller Frauen *[lacht plötzlich]*

FLORIAN: Wieso lachst Du?

LORENZ: Ich stelle mir gerade vor ... ha-ha ... DU musst eine meiner Verehrerinnen spielen ... ha-ha.

FLORIAN: Glaubst Du, das kann ich nicht? *[er wickelt sich ein Handtuch als Rock um und geht hüftschwingend auf und ab; singt]* Ich bin die fesche Lola ...

LORENZ *[bewundernd]*: Welch ein Wesen *teht auf, näselt]* Handkuß, gnä' Frau!

FLORIAN *[ebenfalls aristokratisch näselnd]*: Danke, danke, junger Mann. Setz' er sich doch und leist' er mir Gesellschaft, - für ein schwaches Sünderl - äh, Sünderl -, oder mehr.

LORENZ *[tiefster Dialekt]*: Hearst Oide, rutsch umi, i´ hab´ ja gar kan Platz mehr *[die beiden streiten sich um den Platz an der Bettkante]*

FLORIAN *[mit weiblicher Stimme]*: Hilfe, Zimmerkellner, der Lüstling will mir an die Wäsche. Da *[schlägt ihm das Handtuch an den Kopf]*, nimm das und das und ---

LORENZ *[springt auf]*: Bist Du verrückt? *[er stürzt zum Spiegel]* Meine Frisur! *[er richtet sich eitel die Haare, läuft ins Bad, kommt sich kämmend wieder zurück]*

FLORIAN: Na, sin' ma a bisserl eitel?

LORENZ: Pf!

FLORIAN: Spieglein, Spieglein, an der Wand, wer ist der Schönste im italienischen Land?

LORENZ: Schönheit kommt von innen, das weiß man ja!

FLORIAN: Dann lass Dich wenden!

LORENZ: Du! *[er wirft einen Schuh nach Florian, trifft aber nicht]*

FLORIAN *[mit weiblicher Stimme]*: Halt, Du wirst doch nicht die Mutter Deiner Kinder erschlagen wollen ...

LORENZ: Aus meinen Augen, Weib! Ich kann Deinen Anblick nicht länger ertragen.

FLORIAN *[wie oben]*: Dann geh´ doch!

LORENZ: Hinaus! Ich will Dich nie mehr in meinem Haus sehen! --- Und nimm die Kinder mit! Hopp-hopp!

FLORIAN: Ich geh´ ja schon, ich geh´ ja schon! *[geht hüftschwingend ins Bad]*

LORENZ *[steht vor dem Spiegel, richtet seine Kleidung, fährt sich durchs Haar; grüßt in Kaisermanier ein imaginäres Volk]*: Freunde, Bürger, Landsleute! Bedenkt: der Staat bin ich!

FLORIAN *[kommt herein als alter Mann, hat die Duschhaube auf, spricht mit brüchiger Stimme]*: Trotzdem, auch wenn Euer Hochwohlgeboren der Staat sind, ich tät´ halt gern den Strom ablesen, wenn Sie mir vielleicht den Zähler zeigen ...

LORENZ *[nonchalant]*: Aber gerne! *[er öffnet die Minibar]* Hier bitte!

FLORIAN *[zieht den Haarfön wie einen Revolver aus der Tasche]*: Hände auseinander, Beine an die Wand, los, los! Das ist ein Überfall.

Lorenz macht einen Handstand.

FLORIAN: Quatsch! Umgekehrt.

Lorenz will sich umdrehen.

FLORIAN: Lass´ den Unsinn! Vorwärts! Und keine Tricks! Marsch! In´s Bett!

LORENZ: Oh! Sie sind aber gar nicht mein Typ!

FLORIAN: Auf die andere Seite! Hopp, hopp! Und keinen Mucks! Avanti, avanti!

LORENZ *[deutet zur Tür]*: Da, schau!

Florian dreht sich um, Lorenz springt auf.

LORENZ: Kriminalpolizei. In sämtlichen Vor- und Zunamen des Gesetzes, ich nehme Sie jetzt fest wegen „Vorspielung" falscher Tatsachen. Sie haben die Wahl: 30 Tage bei Wasser und Brot - acqua con pane, wie wir Südländer zu sagen pflegen - oder eine Verpflichtung - lebenslänglich - als jugendlicher Liebhaber ans hiesige Stadttheater?!

FLORIAN: Im Zweifel für den Angeschlagenen! Ich plädiere für „lebenslang".

LORENZ: Haben Sie sich das gut überlegt? - Jugendlicher Liebhaber? - Sind Sie dafür potent, äh, ich meine, konsequent genug?

FLORIAN: Zweifeln Sie daran?

LORENZ: Offengestanden: Ja! Ich zweifle an beidem.

FLORIAN: Fragen Sie doch meine Frau.

LORENZ: Ach, Ihre Gemahlin ist auch hier?

FLORIAN *[nimmt wieder das Handtuch als Rock]*: Hu-hu! Hier bin ich! Hallo, Herr Wachmann! *[er zieht den Rock etwas hoch]* Na, wie wär´s denn mit uns beiden Hübschen?

LORENZ: Was fällt Ihnen ein, ich bin im Dienst!

FLORIAN: Was Sie nicht sagen, so ein Zufall! Ich auch! *[er greift Lorenz an das Hinterteil]*

LORENZ *[schreit]*: Fassen Sie mich nicht an, ich habe - äh, ich BIN ein Amtsorgan. Finger weg!

Jemand klopft vom Nebenzimmer an die Wand und schreit: „Silencio!"

FLORIAN *[wieder „normal"]*: Pst! Feind hört mit!

LORENZ: Lassen wir das! Wir sollten ohnehin unsere Stimme nicht überstrapazieren, jetzt, so kurz vor dem Dreh!

FLORIAN: Recht hast Du! *[singt]* Mi-mi-mi-mi-mi! Bist Du bereit?

LORENZ: Ja! *[beide wenden sich zum Gehen]* Hast Du den Schlüssel?

FLORIAN: Si!

LORENZ: Also: gehen wir!

FLORIAN: Mi-mi-mi ... hm-km ... *[singt]* Auf in den Kampf, To - re - e - e - e - ro!

LORENZ *[singt weiter]*: Stolz in der Brust! *[überprüft im Hinausgehen noch einmal sein Äußeres im Spiegel]*

Beide *[im Hinausgehen]*: Siegesbewußt!

Einige Wochen später::

Großer Empfang; mehrere Damen und Herren in Business-Look stehen herum, halten Small-Talk; der Raum ist mit vielen großen Flaschen dekoriert, Plakate hängen an der Wand (Werbung für Frivi-Fit), links steht eine kleine Gruppe mit einigen Schauspielern und Tauberhelli; Lorenz und Florian stehen etwas verloren rechts abseits.

LORENZ: Warum habe ich mich nur von Dir überreden lassen, hierher mitzukommen? - O Gott, ist das peinlich! --- Ich gehe wieder! *[er wendet sich zum Gehen, Florian hält ihn zurück]*

FLORIAN: Nichts da! Mitgefangen, mitgehangen! Du wirst schön hierbleiben - bis zum bitteren Ende! - Schließlich willst Du doch auch das Ergebnis Deiner Premierenarbeit sehen, oder? *[spöttisch]* Bello? Schöner Mann Du!

LORENZ: Wenn Du es genau wissen willst: NEIN! Will ich nicht!

FLORIAN: Aber, aber, Du bist doch sonst so neugierig!

LORENZ: Was ich in Venedig gehört und gesehen habe, war genug. Mehr als genug.

FLORIAN: Gehört hast Du ja gar nichts. Wir haben ja praktisch in einer Art Stummfilm mitgewirkt, der erst später in Wien nachvertont, also synchronisiert worden ist; Du weißt also gar nicht, OB - und wenn, WAS Du in dem „Film" [lacht hysterisch auf] sagst.

133

LORENZ: Film? Nach all den Erfahrungen der letzten Wochen sagst Du immer noch „Film"? Mir ist bei diesen beiden Drehtagen in Venedig ein Kronleuchter aufgegangen, warum alle immer von einem „Projekt" gesprochen haben.

FLORIAN: Gut, ich gebe zu, die „Aktion Venedig" war in gewisser Weise ein kleiner Reinfall, aber, von wem stammt denn eigentlich die Idee? Von mir sicher nicht!

LORENZ: Ja, ja! Wer den Schaden hat, ... - ich hab´s kapiert.

FLORIAN: Immerhin: Aus Erfahrung wird man klug, sagt schon der Volksmund, und der tut ja bekanntlich Wahrheit kund.

LORENZ: Wah! *[ein Ruck durchfährt ihn]* Bitte! Ich bitte Dich inständig, ich flehe Dich regelrecht an: Keine Zitate mehr! Ich bekomme seit unserer Reise immer so ein Stechen im Rücken, sobald ich ein Zitat oder Ähnliches nur höre! Ich muss wohl eine Allergie oder irgendetwas in der Art bekommen haben.

FLORIAN: Ach, Du ärmster! Vielleicht hast Du nur Kreuzschmerzen von Deiner anstrengenden Rolle als Bello, Du großer Frauenschwarm.

LORENZ: Ach was, Bello! Wuff-wuff kann ich da nur sagen. - Aber lass´ Deine ewigen Sticheleien! Dir ist es schließlich auch nicht viel besser ergangen. Du hast Dich ja ganz schön zum Clown gemacht.

FLORIAN: ... machen lassen! Das ist der kleine, aber feine Unterschied, auf den es sehr wohl ankommt.

LORENZ: Trotzdem: Das war der Reinfall des Jahrhunderts! Von wegen Sprungbrett zum Theater! Das war eher eine Falltür in die ewige Versenkung! - Nein, mir ist das alles hier zu peinlich! Ich ...

TAUBERHELLI *[klatscht in die Hände]*: Meine Damen und Herren, liebe Kolleginnen und Kollegen: In Vertretung des leider erkrankten Direktor Haberfelder, des Produzenten unseres Projektes, darf ich Sie recht herzlich willkommen heißen. Ich freue mich, Sie alle hier im Hause unseres Auftraggebers, Herrn Kommerzialrat Direktor Pistinger versammelt und der Premiere heftig entgegenfiebernd zu sehen. Ich will Sie auch gar nicht länger unnötig auf die Folter spannen, aber erlauben Sie mir vorab einige Worte des Dankes zu sprechen: In erster Linie möchte ich mich bei der Schauspieler-Crew bedanken, die durch ihr Mitwirken die Verbundenheit mit diesem Konzern hier, aber auch eine Portion Humor bewiesen hat, wie Sie gleich sehen werden. Man darf in unserem Beruf ja nie vergessen, wie wichtig es ist, vor allem auch über sich selbst noch lachen - oder zumindest lächeln zu können. *[Lorenz und Florian lachen gezwungen]* In zweiter Linie richte ich meinen Dank natürlich an die Produktionsfirma PROFILM, die sowohl in Italien als auch in Wien großartige Arbeit geleistet hat und sich mit großem Engagement in altbewährter Weise um eine vielversprechende Zusammenarbeit bemüht hat. Eine Zusammenarbeit zwischen Italien und Österreich.

Wie Sie wissen, ist unser Projekt ja erst in Wien mit den Texten unterlegt worden - und das auf ausgezeichnete Weise, wie mir vorab versichert wurde. Ich bin schon sehr gespannt, das Ergebnis zu sehen.

Abschließend möchte ich meinen Dank unserem Auftraggeber aussprechen, der mit großzügigen finanziellen Mitteln *[Fritz lacht laut auf, erschrickt; die Umstehenden lächeln]* für einen reibungslosen Ablauf unserer Arbeit gesorgt hat.

LORENZ *[zu Florian]*: Zuckersüßer geht es wohl nicht mehr!

FLORIAN: Was soll er denn sonst zu ihm sagen? - Alter Geizkragen?

TAUBERHELLI *[schüttelt Pistinger die Hand]*: Vielen Dank, Herr Direktor!

PISTINGER *[nimmt Tauberhelli das Mikrofon aus der Hand]*: Erlauben Sie mir ebenfalls, Ihnen meinen Dank auszusprechen.

OTTO *[zu Hack]*: Mein Gott, der auch noch! Ich bin ja eigentlich nur gekommen, um mich bei unserem ehrenwerten Produzenten wieder einmal in Erinnerung zu rufen, aber was macht der? - Wird krank! Offiziell zumindest!

HACK: Wie das Leben so spielt ... Ich habe erst gestern gelesen, er macht Urlaub in der Karibik - und jetzt *[spöttisch]* ist er krank, der Arme!

OTTO: Mir kommen gleich die Tränen!

Pistinger: Mein Dank richtet sich an alle Mitwirkenden an diesem Projekt der Firma Frivi-Fit. Ich hoffe ja, Sie haben Ihre Gagen bereits überwiesen bekommen, ha-ha, ich möchte mich aber trotzdem noch mit einer Kleinigkeit einstellen und darf somit allen hier Anwesenden eine Aufmerksamkeit unseres Hauses zukommen lassen. Danke! *[Er gibt das Mikrofon zurück an Tauberhelli, einige Mitarbeiterinnen von Pistinger verteilen an die Anwesenden Pakete]*

TAUBERHELLI: Wie sagte schon Oscar Wilde? „Ich habe einen einfachen Geschmack: Ich bin immer mit dem Besten zufrieden!" *[Lorenz durchfährt ein Schmerz im Rücken]* Hoffen wir also, dass wir in diesem Sinne mit unserer Arbeit zufrieden sein können. Bitte!

Die Vorführung des Werbespots beginnt.

LORENZ *[wendet sich ab]*: Ist das peinlich! *[er beginnt,
	sein Paket auszupacken]*

Werbespot:

*Fritz sitzt in grauem Anzug hinter einem riesigen
Schreibtisch und tobt. Dazu hört man eine Stimme:* „Sie
sind immer öfter gereizt". *Es erscheint Schrank nur mit
einer Badehose, man sieht seinen Bauch; dazu Stimme*:
„Sie sind weit von Ihrer Idealfigur entfernt". *Florian als
Clown erscheint; Stimme*: „Sie werden immer mehr zu
einer Witzfigur". *Otto in schlechter Kleidung kniet am
Boden und schrubbt diesen; Stimme:* „Ihre Qualitäten
werden verkannt". *Lorenz erscheint als Pudel; Stimme:*
„Sie werden Ihrem Haustier immer ähnlicher". *Lang
steht vor einem WC, kratzt sich nachdenklich am Kopf;
Stimme:* „Sie werden vergeßlich".

Fanfare.

Stimme: „Damit ist jetzt ein für alle mal Schluss!" *Man
sieht eine Frau*: „Ich als Pharmazeutengattin empfehle
Ihnen FRIVI-FIT aus der Produktreihe „Goldeswert" aus
dem Hause Pistinger. FRIVI-FIT: Frische Vitamine für
IHRE Fitness."

*Man sieht Beinhold (sehr jung) und Hack (als uralter
Mann geschminkt) in einer venezianischen Gondel
sitzen; Hack rudert kraftvoll; Stimme:* „Damit Sie auch
im Alter noch kraftvoll gondeln können"

Man sieht eine Riesenflasche Frivi-Fit; Nachsatz: „Jetzt neu! In der billigen extra-großen Dreimonatspackung für die ganze Familie!"

Man sieht eine Gruppenaufnahme aller „Darsteller" (Hund, Clown, Putzfrau, ...); Stimme: „Alt werden steht in Gottes Gunst - jung bleiben, das ist Pistingers Kunst."

LORENZ: Aaaah! *[Ihn durchfährt ein Ruck, er zieht mit schmerzverzerrtem Gesicht eine Riesenflasche Frivi-Fit aus seinem Paket, wirft diese Florian in die Hände und läuft davon.]*

Frau im Werbespot: „Frivi-Fit, nimm´s mit!" *Sie hält eine Flasche Frivi-Fit in die Richtung, in die Lorenz gelaufen ist.*

Der Film ist aus; die Schauspieler applaudieren. Der (Theater-)Vorhang fällt.

TAUBERHELLI *[tritt vor den Vorhang, ans Publikum gerichtet]*: Wie pflegte schon Bert Brecht zu sagen: Wir ... sehen betroffen, den Vorhang zu und alle Fragen offen!

LORENZ *[hinter dem Vorhang]*: Au! Au weh!

TAUBERHELLI *[blickt irritiert nach hinten, schüttelt den Kopf]*: Die Frage bleibt in unserem Fall, wie erging es unseren beiden Debütanten nach diesem Werbespot? Ich möchte nur so viel sagen: Ich, der ich ja gewissermaßen mitschuldig an ihrer „Entdeckung" gewesen bin, konnte sie HIERHER, an dieses schöne Theater vermitteln. --- In welcher Rolle ...? Tja, ... *[er deutet zu den Eingängen im Parterre, durch die Lorenz und Florian eintreten; beide in Platzanweiseruniformen]* Sehen Sie selbst!

LORENZ und FLORIAN *[gehen langsam auf die Bühne]*: Programme! Programme! *[Lorenz nähert sich Tauberhelli von rechts, Florian von links, beide rufen ihm unfreundlich ins Ohr:]* Programme! *[sie machen drohende Gesten mit den Programmen zu Tauberhelli]*

TAUBERHELLI: Undank ist der Welten Lohn! *[er verschwindet schnell hinter die Bühne; Lorenz reißt es am ganzen Körper, er eilt ihm - die Programme drohend in der erhobenen Hand - nach; Florian zögert, will etwas sagen, macht dann aber nur eine wegwerfende Geste und geht auch.]*

- ENDE –

Von Ella Atzenhof weiters erschienen:

Wenn die Zimtschnecke um die Ecke saust

ISBN:
Buch 9783756811274
E-Book 9783757863586

Eine Kreuzfahrt schlägt Wellen

ISBN:
Buch 9783757881306
E-Book 9783758375910